Letícia Wierzchowski

O primeiro e o último verso

LETICIA WIERZCHOWSKI

O primeiro e o último verão

GLOBOLIVROS

Copyright © 2017 by Editora Globo S. A.
Copyright do texto © 2017 by Leticia Wierzchowski

Todos os direitos reservados. Nenhuma parte desta edição pode ser utilizada ou reproduzida — em qualquer meio ou forma, seja mecânico ou eletrônico, fotocópia, gravação etc. — nem apropriada ou estocada em sistema de banco de dados sem a expressa autorização da editora.

Editora responsável **Eugenia Ribas-Vieira**
Editora assistente **Sarah Czapski Simoni**
Diagramação **Diego Lima**
Projeto gráfico original **Laboratório Secreto**
Preparação **Tomoe Moroizumi**
Revisão **Erika Nakahata e Erika Nogueira**
Capa **Thiago de Barros**

Texto fixado conforme as regras do Acordo Ortográfico da Língua Portuguesa (Decreto Legislativo nº 54, de 1995).

CIP-BRASIL. CATALOGAÇÃO NA FONTE
SINDICATO NACIONAL DOS EDITORES DE LIVROS, RJ

W646f	Wierzchowski, Leticia O primeiro e o último verão / Leticia Wierzchowski. - 1. ed. - São Paulo : Globo Livros, 2017. 152 p. ; 21 cm.
	ISBN 978-85-250-6286-4
	1. Ficção brasileira. I. Título.
16-37290	CDD: 028.5 CDU: 087.5

1ª edição, 2017 - 2ª reimpressão, 2021

Direitos de edição em língua portuguesa para o Brasil adquiridos por Editora Globo S. A.
Rua Marquês de Pombal, 25 – 20230-240
Rio de Janeiro – RJ
www.globolivros.com.br

*Eu dedico este livro ao João,
à Clara,
à Camila,
à Luana,
ao Enzo,
à Sofia,
à Helena,
ao Fred,
à Betânia,
à Mariana —
jovens que eu vi crianças,
flores que eu sonhei sementes,
histórias que se contam sozinhas todos os dias —,
maior beleza não há, ainda bem.*

*Tudo manha, truque, engenho:
é descuidar, o amor te pega,
te come, te molha todo.
Mas água o amor não é.*

Adélia Prado

Prólogo

Todo mundo sabe que o verão, no hemisfério sul, termina em março, mais especificamente no dia 20. Quem não sabe disso é porque faltou às aulas. Mas a verdade é que aquele verão, o verão sobre o qual vou contar pra vocês, nunca terminou realmente...

Acho que ele ainda está acontecendo dentro de mim, até hoje, em algum lugar da minha alma, misturando-se com os anos todos e, principalmente, com os meus sonhos.

Porque eu sonho muito com as coisas que aconteceram naquele verão...

Quando a gente vive coisas difíceis demais para nossa idade, acaba passando por elas sem entendê-las completamente. A gente vai vivendo, tocando os dias, os meses. Quando vê, anos se passaram.

Anos inteiros desde aquele verão.

E eu ainda estou aqui, pensando naquelas coisas, nos meus amigos, em tudo o que vivemos e conhecemos juntos, tudo de bom e de ruim. Penso naqueles dois meses na praia de Pinhal, com o vento soprando nos galhos dos pinheiros que se espalhavam pelas estreitas ruas de paralelepípedos e as risadas dos meus amigos, deles todos, misturando-se ao som do vento, ecoando, ecoando através do tempo e da vida, risadas daqueles amigos que ainda hoje me visitam nos sonhos...

Então, eu acordo no meio da noite como se estivesse lá. Em Pinhal, naquele verão. Com a turma.

E, no escuro do quarto, entendo que tudo aquilo ainda segue vivo, palpitando num cantinho do meu coração. Por isso, vou contar a história.

A história daquele verão.

As coisas que vivi, experimentei e senti pareciam confinadas ao tempo daqueles dois meses de praia. No retorno para a cidade, como era de costume, a vida deveria voltar a ser exatamente como antes.

Mas não — não foi isso que aconteceu naquele verão.

Ele mudou minha vida, transformou minha família e marcou para sempre meus amigos. Aquele verão transformou os outros verões da minha vida.

E nunca mais as coisas foram como antes.

Nada mesmo.

Eu vou contar para vocês...

Vou contar a história toda exatamente como aconteceu. Com seu começo, meio e fim. Vou contar com o entendimento que eu tenho hoje, vou contar sobre aqueles dois meses na praia de Pinhal.

Vou contar sobre a transformação que aquilo causou na minha vida para muito além de sua superfície. Porque as águas profundas daqueles dias ainda estão dentro de mim, e ainda dói lembrar, como se eu tivesse pequenos peixes prateados se debatendo dentro da minha barriga, incomodando, dando pulos toda vez que lembro de tudo que aconteceu naquele verão...

1

Para começo de conversa, é preciso dizer que aquele verão começou igual a qualquer outro. Começou com a gente entrando no Quantum do meu pai — Quantum era um modelo de carro muito chique naquele tempo, um tempo tão antigo que, pasme aí você que está me lendo, não existia Facebook nem celular. WhatsApp, por exemplo, era coisa que nem em sonho!

Quando a gente queria falar com um amigo, o jeito era usar o telefone mesmo. Mas, naquele tempo, a gente tinha em casa um aparelho telefônico, no máximo dois — de forma que a privacidade de uma conversa era coisa pouco provável. A gente telefonava da sala, com toda a família em volta, reunida assistindo à televisão. Bem, quando a sala estava vazia, falar ao telefone ficava mais fácil, mas ninguém poderia garantir que, na extensão — quer dizer, no outro aparelho de telefone, que ficava no quarto dos meus pais —, não estava uma das minhas irmãs, pendurada, escutando a conversa. Houve vezes em que (cúmulo do azar!), eu estava de segredo com alguma amiga do colégio, ali no telefone da sala, e a mãe pegava o telefone do quarto para ligar para alguém, entrando de supetão na minha conversa. Bem, era muito constrangedor.

Como vocês podem ver, não havia muita privacidade — não como hoje, que cada um tem o seu telefone, e as mensagens ficam ali, protegidas por senha. Pois é, naquele tempo não existiam várias coisas. Mas existia praia, e todo ano — como verão é sinônimo de férias —, assim que o feriado de Natal acabava, a gente acordava bem cedinho, fechava as malas enquanto a mãe desfiava os restos do peru para fazer um risoto na praia e enchia de tralhas o porta-malas do carro para se mandar rumo ao litoral de Pinhal.

Faz muitos anos que não ponho os pés na praia de Pinhal, e olhem que passei quase dezoito anos da minha vida indo pra lá no verão. Então, um dia, não fomos mais. Isso foi quando a mãe decidiu que tínhamos que começar a fazer coisas novas. Parar de olhar para o passado, era o que ela dizia. Então, subitamente, deixamos Pinhal para trás.

Foi uma ruptura. Logo, os verões começaram a acontecer em outra praia, no lado oposto do nosso litoral varrido pelo vento, de praias retas, de mar escuro e inquieto. Pinhal ficou guardada apenas nos álbuns de fotografias. Mas, de certa forma, aquela prainha da minha infância e adolescência seguiu comigo pelos anos afora, nos meus sonhos.

É estranho isso, quase toda noite sonho com Pinhal. Nos meus sonhos, estou sempre de volta àquele chalé de madeira azul encravado na rua principal. Então, dentro de mim, Pinhal está igualzinha àquele tempo — umas trinta ruas, a maioria de terra, as calçadas largas, o centro com a praça e a igreja branca, a praia ventosa, reta, plana, de areia cinzenta e compacta, a plataforma de pesca. Lembro dos gramados simétricos e meio desleixados, dos pinheiros altos que pareciam cantar nas noites de vendaval. Lembro dos chalés, quase todos de madeira e coloridos, com suas venezianas claras, os portões baixos — pois, naquele tempo, também não existiam ladrões ou, se existiam, as pessoas realmente não se preocupavam muito com eles.

Minha mãe, por exemplo, quando a gente saía logo de manhã, em Pinhal — a gente saía com a turma da rua —, nunca dizia: "Clara, cuidado com os ladrões". Não. Ela dizia *cuidado com o mar*, pois o medo da minha mãe era o mar e suas ressacas de bandeira preta, as ondas espumando, furiosas, na areia.

Mas, então, Pinhal era aquele conjunto de ruas com seus chalés coloridos, e essas ruas, simétricas, transversais e paralelas, desafogavam na comprida faixa de areia da praia. Dava para caminhar horas por aquela areia dura, e a gente trocava de balneário sem saber, porque o mar era todo igual, a costa era plana e lisa. Parecia que a gente podia ir até o fim do mundo pela beira daquele mar. Claro, isso não era verdade. Se a gente subisse pelo litoral até Torres, logo os acidentes geográficos começariam a se multiplicar — morros, pedras, volteios da costa, enseadas e praias escondidas. Sim, para além do Rio Grande do Sul, as praias iam ficando cada vez mais belas.

O nosso não era um litoral muito bonito, não mesmo. Mas, como é que se diz aqui no Sul? O que é do gosto regala a vida. Pinhal era um paraíso para mim, e pouco me importava se não era bonito como deveria. Eu amava aquele lugar. Portanto, eu achava o mar, escuro e crespo, lindo. Mesmo quando a água estava marrom feito chocolate, eu dava um jeito de achar aquilo bonito e repetia o que tinha ouvido minha avó dizer quando eu era pequena:

— Esse mar escuro é cheio de iodo, e iodo faz muito bem para a pele.

Minha avó Anna tinha passado outros tantos verões antes de mim naquele chalé. Isso já fazia muito tempo, ela morrera quando eu tinha seis anos. Mas era boa contadora de histórias, e eu era uma garotinha que gostava de ouvir. Portanto, eu sabia que, nos verões da vovó Anna, não existia luz elétrica, muito menos geladeira. Vovó guardava a manteiga e o leite no porão porque ele era fresco, um lugar escavado na areia úmida, com suas paredes de tijolos nus e um cheiro de mofo que ficava impregnado no nariz da gente por horas. Na minha época, já não usávamos mais o porão, a não ser para inventar histórias de bruxas para os primos pequenos que, às vezes, vinham passar a temporada conosco.

Assim, sempre que o tempo estava feio, ou o mar estava furioso e marrom, encrespado pelo vento que levantava areia nos olhos da gente, eu lembrava do estoicismo da minha avó — ela, que vira tudo na vida pelo seu lado bom. Pinhal podia não ser lindo em dias de tormenta, embora fosse até bem aprazível numa tarde ensolarada de janeiro, mas era todo meu.

Em Pinhal, eu estava livre. Portanto, eu amava aquele lugar... E o amor faz milagres. O amor e a adolescência — era muito bom ser jovem em Pinhal naquele tempo, a gente andava de bicicleta pelas ruas simétricas, jogava bola nos gramados desleixados, ficava tardes inteiras dentro do mar, não importava a cor da água. E, quando chovia, escolhíamos um dos chalés coloridos e toda a turma ia pra lá, onde passávamos o dia jogando canastra, pontinho, general, dorminhoco ou stop (também não existiam esses jogos eletrônicos de hoje). Éramos uma turma de uns dez ou doze, alguns mais unidos do que outros, e, entre banhos de mar, corridas de bike e partidas de canastra, muitas coisas foram acontecendo, coisas boas e ruins, algumas passageiras e sem importância, outras enormes, transatlânticas e imutáveis. Aquele tipo de coisas de "para sempre".

Eu tinha catorze anos e duas irmãs — Vica e Paula —, algumas espinhas e um monte de dúvidas. Às vezes, eu ficava acordada boa parte da noite pensando nessas questões. Hoje em dia, como já disse, dei para sonhar com aquele verão.

2

Antes de nós, o chalé azul tinha abrigado outras infâncias e juventudes. Meu avô Jan abrira espaço entre as dunas para construir aquela casa, que foi uma das primeiras de Pinhal. No começo, o chalé estava plantado no chão com seu pequeno jardim gramado na frente e uns poucos pinheiros ao redor, resistindo bravamente ao famoso vento minuano que aqui, no inverno sulista, costuma soprar por três longos dias, levantando até defunto da cova. Naquele litoral árido, o minuano fazia seus estragos à revelia.

O resultado disso é que, nos primeiros verões do meu avô, quando chegava à praia com a família, encontravam a casa meio soterrada sob a areia que o vento inclemente do longo inverno tinha depositado ali. Dava pena de ver, dizia minha avó. Eram necessários dois homens cavando por meia hora para que pudessem abrir a porta da casa. E, lá dentro, na sala onde minhas irmãs e eu crescemos, outra espécie de confusão esperava pela diligente Anna: o mofo. Após vários meses praticamente submersa na areia úmida, a casa estava sempre tomada de um teimoso mofo espectral. Sofás, cortinas, cobertores e roupas de cama, tudo precisava ser lavado e estendido ao sol no quintal. Minha avó fazia uso de seu arsenal de vassouras e esfregões, e durante quase uma semana o que se via era uma faxina alucinante — penso na vovó em sua faina como se fosse o próprio Deus criando o mundo: no sétimo dia, ela finalmente descansava e a casa estava brilhando novamente, pronta para o veraneio.

Depois de alguns verões seguidos de toda essa labuta, meu avô — que era engenheiro civil — decidiu que era mais fácil erguer a casa sobre o chão do que salvá-la da areia acumulada nos longos meses invernais. Foi então que ele reconstruiu o chalé sobre pilotis.

Era um périplo que ele gostava muito de contar, enrolando as palavras com a sua mistura de polonês e de português. Mas, no final de muita trabalheira, a coisa toda deu certo... A família chegou, num outro dezembro, e encontrou o chalé azul a um metro e meio do chão, firme e impávido como um rei bem sentado em seu trono.

A areia acumulada ao redor da casa foi alegremente empurrada para o quintal, onde serviu de divertimento para as crianças, com suas pás e seus baldinhos, durante todo o verão. E o chalé já não exalava mais seu antigo fedor de mofo, sendo necessário apenas que as janelas e portas fossem abertas para que a brisa do final do dia, com seu ar fresco, voltasse a circular entre as peças. Minha avó ganhou uma semana a mais de veraneio, e meu avô, a fama de sábio. Depois da nossa, as outras casas da rua também acabaram subindo em pilotis, e assim ficaram por anos e anos, mesmo quando as enormes dunas de areia de outrora, já desfalcadas pelas empresas de construção civil, viraram apenas lenda sobre um deserto branco que um dia existira ali.

Acho, então, que aprendi a amar aquela praia por causa dessas histórias todas. Veio do meu avô esse amor louco, talvez uma espécie de herança genética. Pois o velho polaco Jan adorava aquele lugar — e contam que, quando ele precisava tomar uma decisão importante, rumava para lá apenas para pensar com mais calma. Era um homem sábio e fez sucesso na vida, mas não sei o quanto Pinhal acabou por ajudá-lo nisso tudo. Só sei que, até o seu último verão de vida, ele esteve em Pinhal a cada janeiro e fevereiro, entornando vodca e jogando baralho à noite, depois de pescar por tardes inteiras com os amigos da praia.

No tempo do meu avô, as viagens para Pinhal eram outra aventura à parte. Vovó Anna gostava muito de nos contar como eles iam, durante horas e horas, vencendo as agruras até o litoral. Porque, naquela época, num determinado trecho do caminho, a estrada simplesmente acabava. *Pluft.* Como se tivessem cansado de construí-la e fim. Então, era preciso virar o carro para a direita e seguir aos trancos e barrancos por um campo todo esburacado que ia dar lá na praia. Dali em diante, seguia-se sempre em frente através da areia.

Quando o tempo estava chuvoso ou a areia fofa demais, a viagem se transformava num périplo. Os automóveis costumavam atolar naquela areia toda, e aí só tinha um jeito: deixar o carro mais leve, livrando-se da bagagem excedente. Anna revirava os olhos azuis contando das vezes em que precisara abandonar, no meio da praia deserta de meu Deus, uma caixa de conservas que ela mesma preparara, ou uma mala de toalhas e lençóis, porque o carro estava pesado demais para seguir em frente. Pelo caminho, era comum encontrar embrulhos e caixas deixados por outras famílias aventureiras que iam, como eles, rumo ao litoral norte. Aquelas coisas esquecidas no areal pareciam restos de um misterioso naufrágio, dizia minha avó com sua bela voz de nos contar histórias.

    Depois de vários anos de azar e confusões e canseiras, com a família abandonando pertences, empurrando o Buick ou o Ford pela areia por metros e metros, finalmente o pessoal do governo decidiu terminar a rodovia, e a antiga viagem pela areia ficou para trás, viva apenas na memória da minha avó Anna. Foi um alívio para as famílias que tinham casas de veraneio na região. Mas vovó ainda falava daqueles tempos com um brilho especial nos olhos, decerto porque havia alguma mágica naquelas velhas aventuras pelo areal à beira-mar, com o marido e os dois filhos pequenos, minha mãe e meu tio Ricardo.

    Muitos anos depois, lá estávamos nós, rumando para Pinhal, já bem longe da praia, pela rodovia asfaltada, no Quantum do meu pai.

3

Para minhas irmãs e eu, a autoestrada para Pinhal também era uma aventura. Íamos sempre eufóricas, cheias de expectativas e planos. O verão era um tempo sem horários, um tempo de liberdade e de amigos — e acho que nunca mais tive amigos iguais àqueles. Nossa turma tinha o Ricardo e a Tati, que eram irmãos e nossos vizinhos, tinha o Leco, nosso primo, a Deia e a Beatriz, também lá da rua (elas eram irmãs), tinha o Maninho, que vinha de Brasília passar o verão em Pinhal com os avós, tinha o Carioca, que vinha do Rio de Janeiro para o mar de chocolate de Pinhal, e tinha a Nessa e o Deco.

Enquanto o pai avançava com seu carro pela estrada em direção ao litoral, ficávamos, no banco de trás, aspirando o ar que entrava pelas janelas abertas, tentando farejar o maravilhoso e sutil "cheiro da praia".

A viagem não era longa, porém a estrada era ruim. Sacolejávamos no banco traseiro, enquanto, do lado do pai, a mãe ia fazendo seu tricô. O pai e a mãe eram um casal estranho. Estavam sempre juntos, cada um ocupando seu lugar na família, mas se falavam pouco, quase nada. Pareciam entender-se e desentender-se no silêncio. O pai era um cara alegre, a mãe era mais dada à tristeza, mas era uma mãe muito boa, daquelas que preparam seu bolo predileto, tricotam um casaco novo pra você a cada inverno e sempre ajudam com a lição de casa. Quando eles estavam juntos, porém, a alegria do meu pai se transformava em silêncio, e a tristeza da minha mãe se transformava em mágoa.

Naquele verão, em especial, eu estava muito inclinada a não dar bola para meus pais e seus intermináveis dramas silenciosos. Ainda lembro dos meus suspiros na viagem e da risadinha da Vica ao meu lado, porque ela sabia.

Eu tinha recebido uma carta dois dias antes do Natal — naquela época também não havia e-mail, mensagem de texto, essas coisas todas aí. Se não fosse por telefone — o que exigia uma boa cara de pau —, o jeito mesmo era sentar, pegar papel e caneta e escrever o que a gente sentia ou queria dizer para alguém. Daí era ir até o correio, preencher e selar o envelope e colocar na caixa.

Depois...

Bem, depois o jeito era esperar. Esperar uns dias até que o carteiro entregasse a carta, que o destinatário a lesse e tivesse também seu tempo de escrever uma boa resposta. Então tinha todo o processo do correio outra vez — selo, envelope, caixa, carteiro. Mas era legal, ah, se era. Não tinha nada desses avisos eletrônicos do tipo *o fulano recebeu a sua mensagem*, ou aquele visto duplo que surge no WhatsApp sempre que a coisa foi lida do lado de lá. Era só frio na barriga mesmo. Frio na barriga e a espera silenciosa.

A carta que eu tinha recebido era uma carta de amor. Uma carta de amor enviada pelo Deco, que era irmão da

Nessa e morava na rua de trás da nossa em Pinhal. No verão anterior, eu bem que tinha notado uns olhares dele, um jeito, sei lá... A gente fazia dupla nos jogos e às vezes saía de bike só os dois, depois ia à praia e ficava lá, no alto de uma duna, conversando e olhando as primeiras estrelas. A gente falava da vida, dos nossos planos para o futuro, pois aquela era uma época cheia de planos.

Deco era bonito, eu achava. Ele era um pouco baixo pra mim, então eu encolhia os ombros quando estava do lado dele. Mas ele tinha um sorriso meio de lado, falava inglês com fluência e tocava guitarra, sabia várias canções de cor, surfava bem e era engraçado. Eu voltara da praia no último verão com o Deco encravado no meu pensamento.

E então tinham se passado dez meses. Dez meses quase sem notícias do Deco. Parecia muito normal que os nossos amigos da praia ficassem restritos à praia — era uma lei, como tantas outras. Na cidade, tínhamos uma vida distinta, morávamos em bairros diferentes, nossos pais trabalhavam e viviam assoberbados com seus compromissos, a gente não podia sair de bike sozinho — enfim, motivos para que não nos víssemos havia de sobra.

Aqueles dez meses doeram em mim — achei que o Deco, bonito e divertido como era, já tinha arrumado uma namorada no colégio dele, o Rosário. Eu estudava numa escola menor, de bairro, sem o glamour do Rosário, que tinha até ensino médio e toda aquela turma moderna e liberal. No meu colégio, a gente usava uniforme azul-marinho, meias brancas até o joelho, e cantava para Nossa Senhora todos os dias. Era um mico que só vendo.

Mas depois da aridez de um ano escolar cheio de novenas e concursos religiosos, quando já estávamos nos preparando

para o verão — ah, o verão! —, chegou a carta do Deco. *Sinto saudade de você*, ele escrevera. *Quer passar este verão comigo?* Deco tinha quinze anos, e aquilo era um pedido de namoro.
Quando minha irmã Vica leu, foi isto que ela disse:
— Isso é um pedido de namoro, Clara!
Fiquei a noite inteira sem dormir, rolando na cama de um lado para o outro. No andar de baixo, escutei meus pais brigarem por alguma coisa e, por fim, se calarem. Nem me incomodei. A carta do Deco era maior do que tudo, tudo mesmo.
Daí, no dia seguinte, levantei bem cedo e escrevi minha resposta. Um monte de sins. Queria passar o verão inteiro com o Deco. Eu sentia saudade, gostava dele. Ao lamber o envelope para molhar aquela colinha da borda, tremia só de pensar no Deco lendo minha carta e no verão maravilhoso que eu teria pela frente junto com ele.
Naquele dia, depois do almoço, inventei uma desculpa de que precisava de papel ofício pautado e corri para o correio, para despachar a minha resposta.
No caminho da praia, eu ainda não tinha certeza de que a carta chegara a tempo. Natal era uma época confusa para o correio, a gente via os carteiros andando pela rua, debaixo daquele sol, enfiando pilhas de cartões natalinos em todas as caixas de correspondência — naquele tempo, é claro, ninguém desejava feliz Natal por WhatsApp, era só cartão mesmo, e a gente ia à loja comprar pilhas deles. Tinha até cartões musicais, mas esses custavam caro. Minha carta para o Deco poderia muito bem ter se perdido no meio daqueles *Hohohohos* todos.
Mas eu estava decidida. Assim que chegássemos à praia, na primeira oportunidade, eu pegaria minha bike e correria para a casa do Deco, com uma desculpa qualquer — convi-

dar a Nessa pra ir à padaria comigo, ou chamá-los para um futebol inaugural do verão —, sei lá. Eu queria mesmo era olhar no olho do Deco e dizer de novo, igualzinho ao que eu tinha escrito naquela folha pautada que depois dobrei em três, guardei no envelope selado e despachei no correio do bairro, *sim, sim, sim.*

4

Deco recebera a carta! Bastou eu olhar nos olhos dele, e eu soube que o correio tinha cumprido seu trabalho.

Ele estava sorrindo pra mim, sentado na varanda do chalé, escutando música, quando eu entrei com a minha bike pelo caminho de carros da casa dele, ouvindo a voz do Renato Russo, *temos todo o tempo do mundo*.

Ele me viu assim que dobrei a esquina.

— Reconheci a tua bike, Clara — ele disse.

E então me deu a mão.

Meu coração quase saltou pela boca, era muita alegria, e o melhor é que, durante aqueles dez meses de separação, Deco crescera! Estava mais alto do que eu, e eu finalmente poderia andar erguida ao lado dele...

Ri, de pura felicidade, a mão do Deco na minha, o céu azul, o ventinho fresco soprando nos pinheiros, fazendo aquele barulho conhecido que sempre me remete ao verão, *shiss-shass, shiss-shass*, o cheiro de mar pairando sobre tudo e dois meses pela frente — dois meses! — esperando por nós como um banquete de dias, horas e minutos de alegria.

Então, surgiram de dentro da casa a Nessa e a mãe deles, dona Dalva. Dona Dalva era uma mulher bem bonita, sempre arrumada com boas roupas — o filho puxara a ela —, e, ao nos ver de mãos dadas, a única coisa que disse foi:

— Se comportem, vocês dois.

Nessa riu e respondeu:

— Pode deixar que eu cuido deles, mãe.

Dona Dalva aquiesceu, piscando um dos olhos para o Deco.

E então o Deco e a Nessa foram buscar suas bicicletas e suas toalhas de praia, e saímos os três pela rua silenciosa, sob o sol morno da tarde, porque a turma iria se encontrar na praia em frente à casinha do salva-vidas, e iríamos inaugurar oficialmente nosso verão.

Enquanto eu pedalava ao lado deles, com meu biquíni verde e meu boné, só uma coisa me angustiava: o que diriam meus pais daquele namoro? Viramos a esquina e vi o mar, que estava bem verdinho, como uma homenagem a nós — dez meses na cidade com aulas toda semana não era moleza para ninguém! —, e então, aspirando profundamente o ar salgado, decidi que não iria contar nada aos meus pais por enquanto, assim era melhor e mais garantido.

Naquela mesma tarde, depois do banho de mar e de horas de frescobol, Deco me pegou pela mão e disse baixinho:

— Vem comigo.

Saímos de fininho, enquanto o resto do pessoal montava um time de vôlei e Beatriz, que era a menor de todos nós e só tinha dez anos, implorava para entrar no time, ameaçando chorar. Escutei a voz da Paula, minha irmã caçula, chamando Bia para dividir a esteira com ela.

— Com reclamação a gente não consegue nada, Bia — ouvi-a dizer.
Paula era uma menina querida, sempre preocupada com os outros. Alheio à turma, Deco me levou atrás de uma duna, e ali, numa espécie de esconderijo sob a sombra fresca, nos sentamos na areia e ele me beijou pela primeira vez.
O meu primeiro beijo de língua.
Teve um gosto salgado, um misto de emoção e de angústia... E ainda lembro da quentura que me subiu pelo corpo feito fogo e da areia que ficou nos meus dentes, rangendo, enquanto Deco, todo querido, numa voz macia e carinhosa, corria os dedos pelos meus cabelos úmidos e dizia:
— Eu gosto muito de ti, Clarinha.

O primeiro beijo
(acho que devo fazer um aparte para isso)

Durante um bom tempo, rolei na cama sonhando com meu primeiro beijo. Misturando cenas de novela das oito com fantasias sobre aqueles caras do Menudo — sim, um dia gostei de um deles e até colei um pôster ao lado da minha cama! —, eu ficava imaginando incansavelmente como seria meu primeiro beijo.

Cada amiga que beijava era todo um evento. A gente se reunia na casa de uma das meninas e ficava uma tarde inteira discutindo aquilo. Duas línguas se roçando feito uns peixes cegos, e era matéria para três horas de conversa fervorosa. Os tratados que criamos sobre os beijos, as línguas, os amassos, as possibilidades românticas de um cantinho de muro, de um sofá numa sala de estar vazia, de um portão, da beira da praia ao entardecer! Meus Deus, a gente falava e falava e nunca se cansava daquilo.

As meninas da minha turma iam beijando meninos, uma a uma. E eu, nada. O ano inteiro antes daquele verão foi uma espécie de preparação para mim... Fui a algumas festas, mas nunca havia um garoto especial. Alguns até tentaram, mas eu não quis. Vica dizia que era covardia minha, mas não. Eu tinha lá os meus sonhos, as minhas ambições. Aqueles garotos que me tiravam para dançar sempre tinham defeitos incontornáveis. Como o Raul, que era bonito, mas nunca cortava as unhas e tinha aqueles arcos escuros na ponta dos dedos. Ou o Ivan, que falava cuspindo na gente, embora fosse um cara legal e gostasse de livros e de cinema. Mas aqueles perdigotos estalando no meu rosto eram um balde de água fria — um balde de saliva, como diziam as meninas da turma, aos risos. Por fim, surgiu o Vitor. Ele era bonito, jogava vôlei, andou atrás de mim por algumas semanas. Não sei se esperei demais para deixar que ele me beijasse, o fato é que sumiu. A gente se via no clube, e, após as férias de inverno, ele desapareceu sem deixar vestígios. Rolou até um boato de que tinha morrido, coitado. Só depois fomos saber que a família se mudara para o interior, e acho que, na confusão da partida, Vitor desistiu de mim.

Mas o Deco...

Na minha cama, no meu quarto de paredes azuis, eu sonhava com o Deco enquanto meus pais brigavam na sala, no andar de baixo. Minhas fantasias, que começaram com um dos cantores do Menudo, foram sendo corrigidas, lapidadas e refinadas, até chegarem exatamente na figura do Deco.

Ele era lindo, era querido, era filho de um casal conhecido dos meus pais, era estudioso e gentil. Diziam que era muito inteligente, aliás. "O Deco vai ser médico ou engenheiro, que cabeça tem aquele guri", volta e meia eu ouvia meu pai ou minha tia dizerem coisas assim sobre ele. Além disso, Deco surfava, era charmoso e tinha um monte de amigos mais velhos, do tipo que dirige carros e até viaja sozinho.

Imaginem, então, como eu estava naquela tarde, lá nas dunas. Nos braços do Deco, do Deco!!!, ouvindo ele me dizer umas coisas bonitas, sua mão descendo pelos meus cabelos, aquela chama queimando dentro de mim, uma emoção que dava até dor de estômago.

Preciso dizer que o clima valeu mais do que o beijo. Foi bom e estranho, mas era minha primeira vez... Eu não sabia o que fazer com a minha própria língua, imaginem com a dele! Acho que o beijo todo durou uns poucos segundos, mas foi uma eternidade para mim. De tão nervosa, eu tremia de leve.

Sentado ao meu lado na areia, Deco perguntou depois:
— Está com frio, Clara?
— Não — respondi, sem jeito, me aninhando nele.

Tive vergonha de dizer que era nervosismo, isso sim. Mas Deco era bem esperto — não era à toa que minha tia, uma mulher sábia e de bons julgamentos, o elogiava sempre —, ele ficou ali abraçadinho comigo por um bom tempo, me acalmando de pouco em pouco, me contando umas bobagens, puxando um riso aqui, outro ali, e logo eu estava mergulhando novamente naquela bela boca. E já me sentindo mais confiante, como alguém que, ao entrar num corredor escuro, percebe que conhece o caminho.

Acho que a gente ficou mais de meia hora ali atrás das dunas, a tarde caindo de mansinho. De longe, vinham as vozes da turma. Às vezes, um grito, uma reclamação. Estavam jogando vôlei, e torciam, xingavam, galhofavam. Do mar, vinha uma brisa úmida que baixava a temperatura, agora que o sol estava se pondo. Logo, comecei a tremer outra vez, só que de frio mesmo.

Deco riu, dizendo:

— Melhor a gente voltar, Clarinha. Se você ficar gripada, não poderá vir à praia amanhã.

Concordei com ele, embora quisesse ficar ali para sempre. Saímos da duna de mãos dadas, e acho que nunca me senti tão adulta como naquele instante. Eu tinha beijado o Deco. Não apenas uma, mas duas vezes. Era como se eu tivesse passado por um misterioso ritual de iniciação e tivesse sido aprovada — minha infância parecia ter ficado realmente para trás, escondida sob um cômoro de areia num canto qualquer da praia de Pinhal.

5

Toda turma tem uma garota manhosa. Na nossa, era a Beatriz. Coitada da Bia, depois do que aconteceu, tendo a ficar colocando panos quentes em tudo, mas resolvi ser honesta e contar a história tim-tim por tim-tim. Bia era uma gordinha alegre que, quando contrariada, caía no choro.

Ela tinha dez anos e, como eu disse, era a menor da turma. Era ainda muito garota para andar com a gente, mas estava sempre por perto. Paula, minha irmã de onze anos, costumava brincar bastante com ela.

Bia tinha uma irmã mais velha, Deia. Era uma menina legal, com lindos olhos azuis e um jeito meio distraído de conversar, sempre com os olhos vagando de um lado para o outro. No jogo de cartas, a gente dizia: "Deia, sua vez". E Deia ficava lá, olhando para o teto, perdida em misteriosos pensamentos. Sempre perdia no dorminhoco, a Deia.

Mas era uma menina bonita, alta e esbelta, com aqueles olhos de mar e cabelos castanhos que iam ficando dourados à medida que o verão corria. Sua risada era alegre e contagiante, e ela gostava de praticar esportes. Os meninos achavam a Deia bonita, e eu também. Ricardo, o cabeça da turma, que sempre andava com um livro debaixo do braço, tinha uma queda por ela, mas Deia não estava nem aí. Ela preferia os caras mais modernos, era caída por um surfista, praticava bodyboard e usava aquelas pomadas brancas no rosto por causa do excesso de sol.

Eu sempre imaginei que Deco gostasse dela, da Deia. Por causa do amor pelos esportes aquáticos, achei que eles combinavam, aqueles dois. Mas, então, Deco passou a me olhar daquele jeito, espichando seus olhos escuros.

E depois veio aquela carta, sobre a qual já contei pra vocês. Não sou feia, mas não me acho bonita. Naquele tempo, eu ainda não me entendia direito e acho que não sabia destacar as minhas qualidades. Achava estranhos os meus cabelos crespos e vivia dizendo que era magra demais. Eu era bastante alta para a minha idade, e meu sorriso quase cortava meu rosto ao meio. Sim, eu tinha um bocão muito antes disso ser considerado sexy por aí.

— Que bocão — disse Deco naquela tarde atrás da duna, abraçado a mim.

Pela primeira vez na vida, eu me achei bonita e saí dali com o maior sorriso que já tive, tenho certeza. Na praia, Deia me olhou meio atravessado, talvez ela tivesse uma quedinha pelo Deco, mas só depois fui ter certeza disso.

A turma tinha jogado vôlei, e Bia perdera o último ponto. Estava choramingando por ali, provavelmente cansada e com fome depois de tantas horas na praia. Deia gritou com a irmãzinha, chamando-a de boboca. Bia, então, olhou para todos nós, soltou um longo suspiro e saiu correndo para casa, tropeçando na areia, a barriguinha ainda infantil, gorducha, tremendo a cada passo que ela dava.

— Já vi que vou ganhar um castigo — disse Deia. — Bia vai chegar antes e aumentar a história toda para a mãe.

Ricardo foi solidário; se precisasse, ele iria até lá contar que Deia não fizera nada de mais. Bia estava fazendo manha havia horas mesmo.

— Que menina mais chata! — disse Vica. — Todo dia, lágrimas.

Deia olhou para Vica e deu de ombros, irritada:

— Não fala da minha irmã, coitada. Ela é meio insegura porque é gordinha.

Deco riu.

— Gordura não é problema, você devia ensinar a Bia a surfar, Deia... Aí, ela perde peso rapidinho. Mas a Beatriz é muito ondeira, parece criança pequena. Isso o mar não tira.

— Isso o quê? — quis saber Deia, encarando Deco.

— Manha — ele respondeu.

Meu primo Leco, Maninho e Tati começaram a rir. Deia quase deu um pulo, e os últimos raios de sol, já avermelhados, desenharam um estranho halo nos seus cabelos sedosos. Mesmo brava, ela era tão bonita!

— Quer saber? — ela disse. — Vou embora. Vocês estão exagerando.

Ao que Ricardo, todo manso, retrucou:

— Mas, Deia, preciso lembrar que quem começou a brigar com a Bia foi você.

Deia riu:

— Ela é minha irmã, brigo com ela quando eu bem entender e fim. Mas vocês não podem ficar dizendo por aí que a Bia é manhosa, pô! Briga de irmãos não vale — e se foi correndo pela praia, até a saída que ia dar na rua onde ela vivia.

Já estava naquela hora em que a tardinha começa suavemente a virar noite, acendendo algumas estrelas no céu desbotado, e um vento frio se levantava do mar.

Então, nos despedimos, todos um pouco sem jeito, pois tinha sido um começo meio esquisito de verão. Minha irmãzinha, Paula, que tinha onze anos mas era bem evoluída para sua idade, começou a recolher as raquetes, bolinha e esteiras de praia, e, junto com Vica, saiu pela areia caminhando devagar. Os outros também foram.

Dei um abraço no Deco e disse:

— Amanhã nos vemos.

Apesar do clima da turma, para mim aquela tarde tinha sido especial. Ele beijou a minha boca de leve, com Nessa como plateia, e respondeu:

— Passo lá na sua casa amanhã, Clarinha.

Lembrei que eu não tinha falado nada para meus pais. Pensei no meio sorriso do meu pai, na cara silenciosa e fechada da mamãe, e retruquei:

— Não. Deixa que eu chamo vocês.

Então saí correndo para alcançar minhas irmãs na metade do caminho para casa. Eu tinha que me apressar, pois minha bicicleta atolava na areia toda hora, e o único jeito era ir empurrando, mas logo alcancei os outros, bufando.

Ricardo, Tati, Leco e Maninho estavam com elas, e o papo era sobre uma pescaria que eles queriam armar. Entrei de fininho na conversa, mas sem prestar muita atenção. Eu estava feliz demais para prestar atenção em qualquer coisa.

Apesar do vento gelado que soprava, desfolhando os pinheiros na calçada, dentro de mim havia uma alegria queimando,

queimando. Um calor bom corria por todo o meu corpo, e acho que poderia chamar aquilo de felicidade.

Foi o Maninho quem disse:

— O Carioca chega amanhã.

E todos ficaram felizes. Principalmente Vica, minha irmã, que sempre teve uma quedinha pelo Carioca e ficara esperando-o passar de bicicleta lá na frente de casa, todas as tardes do último verão.

Na esquina, minhas irmãs resolveram ir com o Leco até a casa dele, pois minha tia, Zélia, era uma doceira de mão cheia, e Leco disse que ela ficara preparando quitutes. Pensei na conversa que eu precisava ter com os meus pais — andar de mãos dadas numa praia pequena como Pinhal, com tantos tios, primos e amigos veraneando lá, era fofoca na certa. Eu conhecia os meus pais, eles gostavam que a gente falasse a verdade. Erros, eles perdoavam, mentiras, não.

— Acho que eu vou pra casa tomar um banho. Estou cheia de areia.

Leco e Maninho riram.

— Também, Clara — disse Leco —, foi se enfiar nas dunas com o Deco.

Eu olhei sério para meu primo:

— Não conta pra tia — pedi. — Deixa eu falar para os meus pais primeiro, senão vou ganhar um baita castigo. O verão está apenas começando.

— E o namoro também — disse Maninho.

— Pois é... — concordei. — E estou muito feliz.

— Dá pra ver — brincou Tati. — Seus olhos estão brilhando.

Todos riram, e Vica falou:

— É, mas tem gente que não gostou... Vocês viram a Deia? Ela ficou furiosa, e não foi por causa da Beatriz. Foi por causa sua e do Deco, Clara. Acho que a Deia tem uma queda por ele.

Foi a vez do Ricardo de suspirar, dando de ombros. Todos sabiam que ele era a fim da Deia.

— Xi, tem outro que não gostou agora — disse Tati, irmã dele, brincando.

— O verão está apenas começando — falou Ricardo, repetindo o que eu dissera e piscando um olho pra mim.

Eu me despedi deles e segui sozinha para casa. A noitinha pintava as primeiras estrelas no céu. Aqui e ali, uma voz se perdia no ar fresco, um riso de criança ecoou por alguns segundos, depois tudo se fez silencioso e dourado e lilás, a hora mágica em que o dia não se decide a virar noite, e tudo no mundo parece especial.

6

A gente nasce dentro de uma família e demora um certo tempo para entender o que é normal ou não. Porque a família da gente é uma espécie de parâmetro de normalidade quando somos pequenos. Se existem estranhezas, elas vêm da família dos outros. Mas, aí, vamos crescendo, os parâmetros ganham novos contornos, e começamos a entender melhor algumas coisas. Aconteceu isso comigo.

Meus pais sempre foram um casal estranho, assim do tipo desacertado... Volta e meia, os desentendimentos, quase sempre densos mas silenciosos, acabavam em gritos no meio da sala lá de casa. Minhas irmãs e eu fugíamos para nossos quartos, evitando acompanhar aquele sem-fim de ofensas que mais pareciam um pingue-pongue. Quando a coisa explodia, não havia limite e não era bom ouvir nada daquilo. Tinha dias que a gente até tapava os ouvidos e ficava cantarolando, eles que se entendessem lá embaixo, afinal de contas.

Muitas vezes, numa discussão, nomes de mulheres escapavam da boca da mamãe. Eram cuspidos por ela como minúsculas sentenças de acusação. Parecia haver uma espada sobre o pai, uma sempre iminente vingança que ele fingia não ver, ou que ignorava distraidamente, como fazia com a maioria das coisas das quais não gostava.

Madá e Flávio não combinavam, isso a gente via de longe. Quando um queria estar com os amigos bebendo cerveja, o outro queria estar em casa vendo a novela das oito. Para a simpatia exuberante de um, havia a dedicação espinhenta do outro. O pai era cheio de amigos, a mãe era uma mulher caseira, sempre pronta a assar um bolo, fazer panquecas ou passar um café quentinho. Mas o pai parecia não apreciar aquelas atenções caseiras da mãe, a não ser que tivesse companhia para tanto. O resultado disso era que, sem avisos, às vezes o pai chegava com três, quatro amigos lá em casa. Chegavam sem avisar, tão naturalmente como a manhã virava tarde. Eles vinham para o almoço ou para o jantar e ficavam por horas, tocando violão e bebendo cerveja no quintal ou na sala. O pai dizia, ignorando a cara feia da mãe:

— Agora você pode assar um bolo enorme, Madá. A turma aqui está louca de fome.

Mas a mamãe não queria assar um bolo "pra turma". Ela então costumava devolver o comentário do marido com um olhar que parecia uma saraivada de balas. O pai não se importava muito, apenas ria e retrucava, de leve:

— Então faz uma pizza, Madá, aquela de sardinha que é receita da sua mãe.

Os dois ficavam ali por alguns instantes, medindo-se como lutadores num ringue ou coisa parecida. Então a mãe retirava-se para a cozinha e preparava, de muita má vontade, alguma coisa de comer. Quase nunca aquilo que o papai pedia.

Eu ficava de olho nesses estranhos jogos de poder. Inventava uma desculpa para ir à cozinha, beber um copo de água ou buscar uns biscoitos, e lá estava a mamãe na sua faina, entre xícaras de farinha e tomates picados, e seus olhos, cheios de lágrimas, luziam tristemente, vencidos em mais uma peleia.

Eu tinha pena da mamãe, tinha mesmo. Mas havia alguma coisa ali, alguma coisa anterior a essas pequenas rixas matrimoniais — era como se o papai, sempre tão querido e alegre, um pouco egoísta, é verdade, estivesse se vingando da mamãe. Eles pareciam torturar um ao outro cotidianamente, e, às vezes, eu buscava o velho álbum de casamento, com as fotos dos dois no dia das núpcias — Madá com um vestido branco meio antiquado e umas flores de cetim nos cabelos, e Flávio com um bigode comprido, com cara de mocinho de faroeste, e um terno escuro.

Eu os achava mais bonitos no verão atual, mas havia uma beleza curiosa naqueles dois jovens esquisitos: dava para ver que se amavam. Que tinham se amado. O que teria sucedido entre eles, e quem teria começado aquela estranha competição por magoar o outro com gestos e palavras? Eu jamais poderia saber, não enquanto não ficasse adulta o suficiente para ter um papo realmente sério com um dos dois.

Às vezes, quando o clima estava bom e eles pareciam entrar numa de suas fases tranquilas, mamãe explodia do nada, chamava o pai de coisas bem feias, como trouxa ou prepotente. E logo eles desciam a velha ladeira das ofensas mútuas... Parecia haver algum problema antigo entre aqueles dois, algo que não conseguiam sanar e sobre o qual peleavam intensa e dedicadamente havia anos, numa batalha diária da qual o vencedor, se é que haveria algum, jamais poderia se orgulhar.

Mas, no começo, quando eu era pequena, aquelas brigas me pareciam normais.
— As crianças brigam na escola por brinquedos, não brigam? — dizia minha mãe. — O papai e a mamãe brigam por espaço. Às vezes, brigam por ideias, Clarinha.
— Por ideias? — eu perguntava, confusa.
— É — respondia mamãe. — Porque eu acho que casamento é uma coisa, e seu pai acha que é outra.
Era uma conversa vaga demais para uma menina de oito, nove anos. Então eu deixava aquilo de lado e ia brincar com minhas irmãs e nossas bonecas.
Mas, aos catorze anos, eu tinha condições suficientes para afirmar que o casamento dos meus pais não era feliz. Eles estavam unidos como dois náufragos num mar bravio, mas o problema é que cada um remava para um lado.
Naquela tardinha de começo de verão, essas coisas todas estavam quase apagadas dentro de mim. O amor, como uma novidade miraculosa, enchia minha alma e meu pensamento enquanto eu atravessava a rua para entrar em casa, ensaiando uma maneira de contar aos meus pais que estava namorando o Deco.

Abri o portãozinho de madeira que dava para o nosso pátio. Aquele portão sempre rangia, por isso o pai costumava dizer que não precisávamos de campainha em casa. Mas, naquele dia, ele não rangeu.
Entrei pisando a grama úmida, decerto a mãe estivera por ali com a mangueira, como ela gostava de fazer todas as tardes. Minha mãe plantava umas flores coloridas que só nasciam no verão, chamadas onze-horas.

— Essas flores são preguiçosas que nem vocês — Madá dizia, rindo, ao nos arrancar da cama pela manhã.

Passei pelos canteirinhos, onde as flores começavam a se fechar, e subi a escada de quatro degraus que dava na varanda, já que nosso sobrado ficava sobre pilotis. Era uma casa azul de janelas brancas, e era também meu paraíso.

Ao menos tinha sido até aquele verão.

Entrei na sala e vi algumas malas ainda por desfazer empilhadas perto do sofá. As minhas coisas eu tinha guardado no armário de qualquer jeito, louca que estava para correr até a casa do Deco e ir à praia. O pai tinha nos liberado do trabalho, *férias são férias*, ele disse, com um sorriso benevolente, sacudindo o braço moreno, enxotando-nos para a rua.

— Eu fico ajudando a mãe de vocês.

E ele ficou mesmo — o que nem sempre acontecia, pois Flávio era um cara que costumava voltar atrás nas suas promessas. *As coisas mudam*, ele dizia, dando de ombros.

Mas não tinham mudado naquele dia, não tinham mesmo. Dava para ver que os dois estavam juntos em algum lugar da casa.

Ou melhor, dava para ouvir.

Bastou que eu pisasse na sala, tomando o cuidado de limpar bem os pés para tirar a areia antes, para que a voz furiosa da minha mãe se fizesse ouvir, vinda de algum dos quartos, xingando o papai de alguma palavra feia. Nossa casa era meio afastada das outras, de modo que eles podiam gritar à vontade sem se preocupar com a vizinhança.

Depois da mãe, foi a vez do pai gritar:

— Mas por que você mexeu nesta mala, Madá?

O nome da minha mãe era Madalena, mas o pai sempre a chamara daquele jeito. *Madá*.

— E por que eu não mexeria? — ela perguntou. — Flávio, eu só fui guardar suas roupas, enquanto você arrumava o material de pesca. Eu só fui *ajudar*. Ajudar meu marido a guardar suas roupas no nosso armário. Um armário que dividimos há dezessete anos, não é mesmo?

Fiquei parada no meio da sala, sem coragem de me mexer. Já não dava mais para avançar, porém alguma coisa me prendia ali, enquanto uma parte de mim dizia que a rua era o melhor caminho, e rápido.

Papai não desperdiçou a deixa:
— Você foi é bisbilhotar — ele falou. — Por que não guardou as coisas das meninas? Eu sou adulto, me viro sozinho. Não é isso que você sempre diz, *Madá*?

Havia muito rancor na voz dos dois. Fiquei pensando que, um dia, antes de casarem, antes de minhas irmãs e eu nascermos, eles tinham sido namorados, aqueles dois. Tinham se beijado atrás de uma duna em algum verão já perdido no tempo, como Deco e eu. E tinham se amado, ah, tinham. Aquelas fotos do casamento eram uma prova disso. Uma prova desbotada de que houvera alguma coisa muito bonita entre eles, mas que já não existia mais.

Fiquei ali parada, no meio da sala. Eu tinha um amor novo em folha e bem vivo dentro de mim, e doía testemunhar aquilo. Meus pais. Eles já não se queriam ou, ao menos, já não se achavam. Pareciam tatear no escuro de um casamento dolorido, prestes a se desfazer.

Senti uma tristeza profunda. Já estava bastante arrependida de não ter acompanhado os outros até a casa da minha tia, decerto estavam comendo bolos, rosquinhas, tomando refrigerante e rindo, dizendo bobagens sem importância. Nossa, como é bom dizer umas bobagens de vez em quando!

Mas eu não conseguia me mexer, aquelas brigas sempre me paralisavam. Só o que fiz foi me encostar na parede, esperando o próximo golpe. Ele logo veio, quando mamãe, com a voz alterada e perto do pranto, gritou:

— Flávio, não inverta as coisas! Não tente pôr a culpa em mim, você sempre faz isso! Aquele bilhete estava na sua mala, Flávio. Eu estava dobrando as suas camisetas e encontrei aquele bilhete falando de amor! — A mamãe respirou fundo, dava para ouvir o ruído, e disparou: — Logo ela, Flávio, logo ela!

E então, inesperadamente, Madá começou a chorar. Pude escutar seus soluços, suspiros e gemidos. Era um choro forte, dolorido mesmo, e minha mãe, bem, ela quase nunca chorava. A coisa era bem mais séria do que eu imaginava. Encostada à parede, senti vontade de resgatar aquela alegria ingênua que vinha dentro de mim, no caminho da praia até a casa.

Mas já não dava mais.

Estava tudo maculado, tudo misturado — Deco e meu namoro, as brigas e traições dos meus pais.

Lá no quarto onde eles estavam, fez-se uma súbita calmaria. O silêncio, a não ser pelos ruídos do choro da mamãe, baixou sobre nossa casa como um véu. Eu podia ouvir o vento dando voltas mansamente lá fora.

Papai não dizia nada. Nada. A coisa devia ser feia. Um *bilhete falando de amor. Logo ela.* Senti, de repente, uma forte vontade de vomitar. O verão estava começando, meu verão precioso, meu tesouro, e aqueles dois, em algum dos quartos, aqueles dois, Flávio e Madá — pensei eu, com tristeza —, eram três.

7

Saí de casa sem que meus pais tivessem me visto e voltei à praia, para colocar os pensamentos em ordem. Eu gostava de pensar na praia — o vento, o mar, as gaivotas, tudo parecia purificar meus pensamentos, minha alma, e me ajudava a encontrar conclusões acertadas. Fiquei bastante tempo lá, embora sentisse um pouco de frio. Mas estar ali, tão perto de onde eu beijara o Deco, de alguma forma trouxe um pouco de paz ao meu espírito. Afinal, pensei, algumas coisas davam errado nesta vida e outras davam certo. Fosse como fosse, eu trabalharia para que meus relacionamentos não tivessem o padrão adotado pelos meus pais. Era uma lição dura, mas, ainda assim, era uma lição.

Quando já estava bem escuro e a lua surgiu no céu, limpei a areia das pernas e dos pés e tomei o rumo de casa. Fui devagar, admirando as estrelas e os poucos carros de faróis acesos que passaram por mim. A calma da praia era um pouco a minha calma, pensei, respirando fundo o ar fresco da noite, antes de entrar no nosso pátio.

Desta vez, o portãozinho rangeu. Ouvi barulho de talheres e copos, e adivinhei que minhas irmãs estavam colocando a mesa para o jantar lá na cozinha.

Cheguei à varanda, e meu pai surgiu lá de dentro com uma taça de vinho branco na mão. Tinha os olhos vermelhos e um olhar meio louco, mas talvez fosse só imaginação minha.

— Onde você estava, Clara? — ele perguntou. — Ficamos preocupados. De noite, sozinha na rua... Você sabe que a gente não gosta disso.

Olhei ele bem fundo, e creio que o pai deve ter visto alguma coisa, algum sinal no meu olhar.

Ele não disse nada, apenas aquiesceu devagarinho. Como se não tivesse alternativa, tomou um gole do vinho branco, suspirou fundo e sentou-se na sua cadeira na varanda. O pai parecia cansado, eu estava cansada. Naquele momento, a felicidade com o Deco era uma coisinha palpitante e linda dentro de mim, no meio da tristeza pela descoberta de que meu pai tinha um caso extraconjugal e do frio que eu pegara na praia.

Depois de um tempo nos olhando fixamente, meu pai baixou os olhos e disse:

— Vai tomar um banho, Clara. Você está toda arrepiada, vai acabar pegando uma bela gripe. Sua mãe está terminando o jantar. — Ele piscou um olho, esforçando-se por ser um pouco simpático. — Depois a gente conversa, garota.

— O.k. — eu respondi, e entrei pela sala, correndo até o banheiro e pensando numa chuveirada bem quente.

Não contei nada daquilo para minhas irmãs.

Quando você é a filha mais velha, tem que segurar algumas barras sozinha. Eu aprendi isso desde cedo. Pois, antes delas, entendi que meu pai aprontava com a minha mãe. Não era uma coisa óbvia, e eu não sabia bem o que era aquele tal de "aprontar". Mas reconhecia os sinais de cada crise, como uma tempestade se armando no horizonte, e tentava disfarçar as coisas para proteger minhas duas irmãs.

Aqueles dias depois da briga foram estranhos. A casa estava quieta. Eu desistira de falar do Deco mesmo, não parecia haver clima para confissões e pequenas honestidades com os dois envolvidos naquela batalha. Volta e meia, a mãe olhava o pai com uma expressão de fúria que até me dava medo, como se fosse expulsá-lo de casa ou coisa parecida.

Mas que nada.

Era um olhar triste, cheio de rancor, que logo se desfazia no silêncio de Madá. Pois minha mãe, que já era quieta, pareceu murchar ainda mais. Emagreceu, andava pela casa à deriva, carregando livros que não parecia ler, mas que levava de um lado a outro, como uma espécie de salva-vidas, alguma coisa na qual se agarrar. Eu não falei nada, dizer o quê? Tentei ajudá-la com coisas práticas, fazendo o jantar uma vez ou outra, indo à padaria no final da tarde — gestos que ela aceitava com um sorriso gasto, para logo depois abrir seu livro e ficar enroscada num canto do sofá, os olhos tão vagos como se contassem as tábuas do chão.

Às vezes, quando o dia estava muito bonito e pareceria estranho ficar em casa, Madá ia à praia. Mas notei que preferia ficar sozinha sob seu guarda-sol a sentar com as amigas de sempre.

Vica, minha irmã do meio, um dia desses, depois de chupar um picolé e ficar rodeando o guarda-sol da mãe por um bom tempo, aproximou-se e perguntou, numa voz distraída:

— Que bicho mordeu você, hein?

Eu sabia que Vica estava de olho em Madá, nenhuma de nós deixara de notar o estranho clima em casa, a apatia materna e a gentileza desbotada e solícita do pai, que chegara a trazer, na noite anterior, pastéis do bar onde bebia com os amigos. Logo o pai, que ia lá com os amigos e voltava sempre tarde, com todo mundo já na cama.

Ao ouvir a pergunta de Vica, a mãe revirou os olhos e disse apenas:

— Quando você crescer eu conto, Vica. Por enquanto, aproveita a sua juventude, a sua liberdade. Aproveita o seu verão. E não casa cedo, minha filha. Não vai cometer a mesma bobagem que eu.

Vica não ficou espantada, porque o casamento complicado dos nossos pais não era nenhum segredo.

A mãe a olhou por um momento, depois revirou a bolsa de praia à procura de algo e estendeu a mão para Vica:

— Tome — disse ela, com um sorriso. — Vai comprar outro picolé e chama a Paula também.

Vica olhou pra mim.

— Eu não quero — respondi, rolando na toalha sob o sol.

— Está de dieta? — perguntou a mãe.

Vica soltou um risinho, como quem dizia: é o Deco. Mas logo saiu correndo atrás do vendedor de picolés.

Ficamos só nós duas ali. Estava claro que mamãe não queria conversa, por isso tinha despistado Vica com o dinheiro. Então, fechei meus olhos e fingi dormir. A mãe não disse nada, devia estar olhando o livro sem o ler, já todo amassado de andar de um lado a outro, quase sem serventia.

Eu já disse que a gente ouvia as brigas dos meus pais lá na cidade, quando íamos dormir. Nossa casa era um sobrado de dois andares, e, quando subíamos para dormir, era batata: passados alguns minutos, as brigas começavam.

Às vezes, quando a coisa extrapolava, eu abria a porta e gritava lá de cima:

— Dá pra parar a briga aí? Eu tenho prova amanhã!

A história da prova geralmente os fazia calar a boca, nem que fosse por algum tempo. Claro, nem sempre eu tinha prova, mas era um bom argumento: se eu tirasse nota ruim numa matéria, poderia colocar a culpa nos meus pais, que não deixavam a gente dormir com aquelas brigas noturnas. Mas eu era boa aluna, era mesmo, e o argumento nunca me serviu.

Naquela tarde na praia, depois do que a mãe falou, fiquei pensando: existem casamentos bons e ruins; quero fazer um casamento bom. Mas talvez a mamãe também tivesse isso em mente. Ninguém casava para ser infeliz. As coisas simplesmente iam dando errado, um pouquinho a cada dia.

Porém, certas coisas eram engraçadas. Por exemplo, minha mãe parecia achar natural aquele hábito de inculcar nas três filhas o medo do casamento, como se a coisa toda fosse uma doença incurável, e não uma escolha. Um caminho, um barco que podia, lá pelas tantas, fazer água.

Depois de um longo tempo de olhos fechados, como nenhuma das minhas irmãs tinha voltado para o guarda-sol — estavam entretidas num jogo de vôlei com Ricardo e Tati lá do outro lado da praia, e Deco tinha ido largar a prancha em casa e comer um sanduíche —, achei que estava na hora de falar.

Vi minha mãe na sua cadeira, o corpo brilhante de óleo — sim, naquele tempo, a gente usava óleo de bronzear! Ela tinha deixado o livro de lado e folheava atentamente uma revista de corte e costura.

Então eu disse, simplesmente:

— Eu ouvi, mãe — disse baixinho, meio com medo.

Ela ergueu o rosto da sua revista, distraída:

— Você ouviu o quê, Clarinha?

— Eu ouvi, mãe — repeti. — Ouvi, aquele dia à tarde... O dia em que nós chegamos aqui na praia. Ouvi vocês brigando. Sei que o papai tem um caso.

A mãe arregalou os olhos, subitamente nervosa, e fechou a revista, jogando-a na areia como se ela queimasse ou coisa parecida.

— Olha, Clara, melhor você esquecer isso — disse Madá num fio de voz. — E não repita uma palavra dessa história para suas irmãs.

Fiquei espantada.

Nenhuma tristeza, nenhuma lágrima, apenas ela me olhando em estado de alerta, como um bicho que sabe que está sendo vigiado de perto. Um bicho acuado, pensei.

— Mas, mamãe... — falei. — Sobre o papai. Você não vai fazer nada?

Ela se pôs de pé, cruzou os braços e deu dois passos em minha direção.

— Isso é comigo, Clara — falou, ríspida. — Já disse que é melhor você esquecer tudo isso. E agora vou dar um mergulho — virou-se e começou a caminhar sem pressa.

Eu também me levantei.

Olhei um momento para minha mãe, uma mulher de quarenta anos, bonita ainda, magra, o rosto um pouco abatido e com olheiras, cabelos loiros cortados na altura dos ombros, olhos azuis. Ela parecia tão conformada com tudo, tão eternamente triste, como se a vida, em vez de uma escolha, fosse uma imposição do destino: aquela praia, meu pai, Vica,

Paula e eu, o maiô preto que ela usava, a correntinha de ouro com um pingente em forma de sino, tudo. Ela parecia vencida pelos dias, pelos anos, pelo papai.

Então eu disse alto:

— Mamãe, você é bonita e legal.

A uns dois metros de mim, ela se virou. Olhou-me fundo:

— Eu sou é burra, minha filha — e sua voz tremeu um pouco.

Depois disso, como uma menina pega em flagrante num pequeno delito doméstico, Madá saiu correndo para o mar, levantando areia atrás de si. Parecia necessitar muito de um mergulho, embora ela raramente entrasse na água.

Fiquei ali sentada na toalha que, no começo da manhã, mamãe estendera diligentemente sobre a areia, e acho que nunca senti tanta pena de alguém em toda a minha vida, até o dia em que aconteceu aquela coisa toda com a coitadinha da Bia, a irmã da Deia.

8

Com o passar dos dias, meu pai, antes nervoso e meio arisco, foi voltando ao normal. Vivia tocando seu violão, saía para jogar futebol com os amigos, fazia churrasco pra gente e às vezes ia pescar, voltando sempre no meio da madrugada com um balde de peixes que ele limpava na manhã seguinte, ao som do seu radinho de pilha.

Eu queria saber mais, eu tinha raiva do papai, mas também tinha raiva da mamãe — ela também foi voltando ao seu normal, fazendo doces, e até preparou o feijão branco com carne de porco que meu pai adorava. Pareciam outra vez acomodados naquele casamento meio manco.

Os gritos tinham cessado. Ainda bem, porque em Pinhal eu não tinha a desculpa das provas. Achei que o pai resolvera dar um fim no tal caso com a mulher secreta, mas decidi manter o ouvido atento, muito embora nunca, nunca mais, durante as semanas seguintes, eu ouvisse qualquer menção ao assunto.

E as férias prosseguiram, aquela alegria. Havia muito divertimento esperando por nós para além do portãozinho de madeira azul que separava nossa casa da rua. Deco ia lá toda hora, levava pequenos presentes — uma flor, um livro da Agatha Christie, um bombom. Era mesmo um amor comigo. Embora eu não tivesse feito um anúncio oficial daquele namoro, a coisa toda estava na cara. Mamãe, como era de costume, nem se deu conta disso. Acho que preferia que o pai organizasse essas questões mais amplas, enquanto ela cuidava do dia a dia de feijão com arroz e roupas lavadas e passadas a ferro. Ela era uma mulher apegada às minúcias, enquanto papai gostava de falar de sonhos, de projetos de vida. Como dizia Madá, de coisas que a gente não podia comer.

Não estranhei quando, um dia, o pai veio até mim e perguntou sem delongas:

— Você está apaixonada, minha filha?

Eu fiquei vermelha feito um pimentão, e Paula, que estava brincando com o cubo mágico perto de mim, começou a rir.

Então olhei para o pai, bem no fundo dos olhos dele, e disse:

— Eu gosto do Deco, papai. Gosto, sim. Mas pode deixar que aprendi algumas coisas aqui que eu nunca vou esquecer.

Foi a vez do meu pai ficar todo nervoso, envergonhado mesmo. Olhou para Paula meio sem jeito, depois se aproximou, colocou a mão na minha cabeça, num carinho engraçado.

— Casamento é muito complicado, Clara. Um dia, você vai saber.

E saiu da sala com a desculpa de que precisava acender o fogo para o churrasco, deixando atrás de si aquele silêncio todo. Paula já tinha voltado para o seu cubo mágico, e eu fiquei ali parada, olhando para o teto feito uma boboca.

O namoro estava anunciado, tudo resolvido. De certa forma, era um alívio, mas eu não estava contente. Alguma coisa pairava acima daquela realidade tão palpável e conhecida, uma coisa como uma sombra ameaçadora, que eu podia mais pressentir do que ver.

Corri os olhos pela casa com suas paredes de madeira, as tábuas com encaixe "macho e fêmea" que meu avô aplainara e ajustara com as próprias mãos, a sala ampla, de janelões abertos, um lugar simples, mas que eu adorava demais. Num canto ficava a mesa de jogar cartas, no outro, o sofá verde, as espreguiçadeiras de lona listrada e a estante com a televisão, os livros e os discos. Estava tudo organizado e limpo, a mãe tirara o pó ainda há pouco, como fazia diariamente, mas senti que aquilo tudo estava se desfazendo, como se caísse em cima de mim num redemoinho incontrolável.

Paula me olhou, espantada:

— Você está estranha, Clara. Foi o comentário do pai que te deixou assim?

Dei de ombros, confusa, e então disse:

— Foi a vida que me deixou assim... — E imediatamente tive vergonha daquilo e quase gritei: — Que bobagem isso! Desculpe, Paula.

— Parecia a mamãe — ela disse, baixinho. — O jeito da mamãe falar, né?

Fui até o sofá e peguei minha irmã pela mão:

— A mamãe tem os motivos dela para ser assim. Mas também poderia não ser desse jeito, né? Existem motivos para tudo. Vamos andar de bike até o centro e chupar um picolé? Pelo jeito, o churrasco ainda vai demorar, o pai ainda vai acender o fogo.

Paula riu:

— Só vou se você pagar, pois acabei com minha mesada ontem.

Dei um beijo na bochecha da minha irmã caçula e respondi:

— Eu pago um picolé pra você. Vamos.

Saímos pedalando a toda, com o vento no rosto. A noitinha chegava, como se ela se esgueirasse por entre os pinheiros, espalhando suas luzes prateadas, deixando o ar mais picante, mais perfumado. Todos os cheiros aprisionados pelo dia de sol pareciam subir do chão, da rua de paralelepípedos, dos jardins, como se quisessem alcançar o céu.

E ali, voando pela rua, suada e vibrante, estava feliz outra vez. Encontrava-me na beira do rio da minha vida, dava para sentir aquilo. Na outra margem, a idade adulta me esperava. Eu tinha que remar e remar, mas chegaria lá. Não me faltavam boas coisas: a praia, as manas, os amigos, o Deco.

Os problemas dos meus pais eram exclusivamente deles, foi o que pensei virando a esquina em direção à sorveteria, com Paula logo atrás de mim, cantarolando uma música da Blitz. Eu só tinha que observar muito, aprender bastante e nunca, nunca mesmo, fazer igual. Errar, todo mundo errava na vida.

Mas a única coisa que eu queria era errar diferente.

9

A história da minha família é cheia de erros e de acertos, mais ou menos como a história de todas as outras.

A mãe costumava contar do seu tempo de criança, ali mesmo naquela casa azul de madeira — pois o chalé tinha sido construído pelo meu avô materno. Meus avós eram um casal bem-arranjado. Naquele tempo, acho que lá pelos idos de 1950, as mulheres tinham um papel mais restrito na vida social e econômica, mas eram as raízes da estrutura familiar. Minha avó, Anna, foi o esteio de seis filhos e de um marido laborioso, genioso e aventureiro, porém bastante chegado a um rabo de saia, como dizia minha mãe.

Vovó passava as tardes em casa sovando o pão e preparando *chimias* e *pierogis* — a culinária do Sul é uma mistura de todas essas gentes europeias que vieram parar aqui, como fez o vovô Jan quando tinha vinte anos —, e na mesa da família conviviam pratos judaicos, poloneses, italianos e alemães em franca alegria. Vovó era uma cozinheira de mão cheia, e dizem as más línguas que foi isso que segurou o velho Jan com ela até o fim. Ninguém fazia um *pierogi* como Anna, com cebolinha frita e bacon tostado por cima.

Vovó tinha também muita paciência, porque Jan era um homem sem horários, um engenheiro bem-sucedido com uma tropa de funcionários, todos poloneses, que o veneravam como a um deus. Quanto aos homens, muitos deles iam à casa dos meus avós, ao final do expediente, comer um *borsch* ou um prato de espaguete preparados por Anna. Minha mãe cresceu chamando-os de tios. Uma tropa de tios, imaginem só!

O problema — de Jan e, consequentemente, da minha avó Anna — eram as mulheres. Dizia-se que o velho Jan tivera umas vinte secretárias na vida e que todas acabaram se envolvendo com ele durante algum tempo. Anna tinha paciência com esses amores voláteis do vovô, pois sabia que durariam, no máximo, alguns meses e que, depois, arrependido, ele voltaria para casa, como sempre fazia. Naquela época, claro, não existia Facebook, e as pessoas ainda podiam fazer certas coisas em segredo e manter algumas relações na penumbra.

De qualquer forma, Anna e Jan seguiram juntos por mais de trinta anos, até que vovô morreu de um ataque cardíaco fulminante. Vovó esteve ao seu lado pela última vez cercada por todos os filhos, e a legião de ex-secretárias foi proibida de entrar no velório em consideração à viúva. Depois disso, quase inesperadamente, minha avó tão quietinha rebrilhou por alguns anos. Aprendeu a dirigir, foi conhecer a Europa de avião, viu meia dúzia de netos nascerem, inclusive eu, Vica e Paula, sovou muito pão e assou muito bolo, até que, numa manhã, simplesmente não acordou. Tinha sido calma e discreta até para morrer, a vovó Anna.

Mas, antes de morrer, naquela mesma sala, com suas paredes de madeira e o mesmo sofá comprido, vovó me contara muitas histórias de sua juventude com Jan. Era tão boa narradora quanto cozinheira; no entanto, em sua solidão de mãe de muitos filhos, pouco falara na vida, a não ser sobre fraldas e xaropes e colheres de farinha dissolvidas no leite para engrossar o mingau.

Teve um verão, quando a mãe arranjou um emprego e nos deixou quase todo o mês de fevereiro aos cuidados da vovó Anna, que ela nos presenteou com um banquete de histórias da família. Vica e Paula não tinham paciência suficiente e sumiam em brincadeiras no quintal, mas eu passei uma semana pendurada na vovó — naquele tempo, ainda não tínhamos idade para correr por Pinhal sozinhas, e eu nem conhecia o Deco —, ouvindo-a contar sobre as aventuras de Jan na Polônia e na guerra, sobre seus amores malucos, o casamento com Anna, as garrafas de vodca que ele guardava no armário do banheiro para enxaguar a boca pela manhã, o ouro que mantinha num buraco na boca da lareira da sala, os nazistas, as amantes e as lágrimas que vovó derramara naqueles tempos de furor incontrolável do velho.

— Mas, sabe, Clara — dizia vovó, piscando seus olhinhos verdes —, paguei um preço baixo. Porque eu amava seu vovô, e ele sempre foi um lorde comigo.

Eu devia ter uns dez anos. Dividir aquelas histórias com a vovó era, para mim, um presente. Eu a via contar tudo aquilo e pensava, pensava... Pensava nos gritos dos meus pais, nas brigas, nos almoços nos quais não se trocava uma palavra sequer e era possível ouvir o ruído da mastigação coletiva.

Perguntei à vovó:

— A senhora nunca teve raiva do vovô?

Ela soltou um risinho.

— Ah, tive, minha filha. Mas a raiva nunca ultrapassou o amor. Ele sabia que, se um dia a raiva fosse maior, eu voltava para Guarani das Missões e contratava um advogado alemão para fazer o divórcio.

Depois da Segunda Guerra, meu avô nunca mais falou com um alemão na vida. Parece que tinham colocado fogo na casa dele, lá na Polônia, onde viviam seu pai e sua mãe, e muita gente morreu. Um advogado alemão seria um terrível castigo, dizia minha avó com um risinho alegre.

Ela deu um suspiro e disse:

— No fim, nunca fiz isso. Quando a gente ama, a gente se entende, Clarinha.

E aquilo foi suficiente para mim.

Eu adorava a vovó. Era a mãe da minha mãe, mas elas eram bem diferentes, inclusive na aparência. Quando a mãe voltou para a praia, depois de vários dias na cidade trabalhando, repreendeu a vovó:

— Você não devia ter contado essas histórias antigas para a menina. Ela é muito pequena ainda, mamãe.

E Anna riu:

— No meu tempo, Madá, a gente casava com treze anos. E não contei nada de mais, só umas histórias sobre gente que já morreu ou que está mesmo com o pé na cova, como eu — disse ela, piscando um dos olhos, divertida, para mim.

Parece que foi premonição. Naquele ano, logo depois da Páscoa, vovó Anna morreu de repente. Ela não estava doente nem nada, foi assim como uma vela que se apaga numa corrente de vento.

Mas as histórias dela ficaram.

Muita coisa tinha acontecido ali naquela casa azul, antes de mim, e mesmo antes da própria Madá, minha mãe. Os casamentos que aquela casa guardava pareciam ser complicados por herança. Mas, ao contrário de Madá e Flávio, meus avós tinham sido, ao modo deles, felizes ali.

10

Duas ruas atrás da nossa, viviam os Duarte. Eram um casal simpático, Elias e Dora, e eles tinham um filho pequeno, de dois anos, que costumava ir muito lá em casa, porque mamãe e Dora eram amigas.

Certa tarde, estávamos na varanda jogando stop — Deco, Vica, Paula, Nessa, meu primo, Carioca, Leco e eu —, quando mamãe chegou toda nervosa da rua. Ela abriu o portão com força e passou voando por nós, sem mal nos dar um oi, com uma sacola de feira repleta de pacotes.

Aquilo era estranho, porque mamãe estava sempre querendo enfiar comida em todo mundo, e bastava ver a turma reunida ali em casa para oferecer bolo ou pipoca. Ela também sempre parava para perguntar sobre a mãe de um ou a tia de outro, já que todo mundo se conhecia em Pinhal.

Naquela tarde, quando mamãe passou depois de dizer um olá coletivo e meio esquisito, Vica me olhou de canto de olho. Alguma coisa tinha acontecido para deixar Madá daquele jeito. Antes que minha irmã fosse bisbilhotar, inventei uma desculpa:

— Vou buscar uma coca-cola gelada pra gente — disse.
Mamãe estava na cozinha, encostada à pia, fitando suas compras com um olhar vago.
Quando entrei, ela disfarçou e, mexendo nas sacolas apressadamente, tirou uns vidros de conserva, enfileirando-os sobre a pia.
— Aconteceu alguma coisa? — perguntei.
Ela tinha os olhos vermelhos e suas mãos tremiam um pouco. Dava para ver que tinha chorado.
— Entrou areia no meu olho — respondeu mamãe, forçando um sorriso.
— Vim pegar bebida para o pessoal — falei.
Mamãe se aprumou, esforçando-se para parecer natural. Mais uma vez, senti pena. Mas Madá me indicava um único caminho: fingir que o que estava acontecendo não estava acontecendo.
Ela disse, simpática:
— Leva cuca também, minha filha. Eu passei na padaria e trouxe cuca de banana bem quentinha.
Mamãe voltou a mexer nas sacolas de compras e então se deu conta de que sua bolsa não estava ali.
— Deve ter ficado na padaria — falei. — Deixa que eu pego a bike e vou lá rapidinho.
Mamãe arregalou os olhos, como se tivesse tomado um susto.
— Não, Clara! — ela disse. — Deixei a bolsa lá nos Duarte. — E me olhou. — Depois da padaria, passei lá pra... pra falar um pouco com Dora. Me atrapalhei e esqueci a bolsa.
— Posso buscar, mamãe. É mais perto ainda.
— Não, não... — Ela me olhou com alarme. — Não vá lá. Eu vou. — E, então, com uma alegria forçada, lembrou:

— Seus amigos estão na varanda esperando por você. E devem estar com sede, não é?

Com aquele seu jeito organizado de fazer as coisas, Madá colocou a cuca na bandeja onde eu já arrumara os copos e pusera uma faca e guardanapos. Depois ajeitou os cabelos e acrescentou:

— Estou indo lá nos Duarte. Já volto.

Ela saiu da cozinha, voando pelo corredor. Achei mamãe muito estranha, mas Deco me chamou lá da varanda, e a única coisa que fiz foi pegar a bandeja com todo o cuidado possível e atender ao seu chamado. Estavam para começar uma nova partida de stop e esperavam por mim.

Quando mamãe voltou da casa dos Duarte, tínhamos saído de bicicleta para ir comer churros no centro, e muitos dias se passaram até que eu pensasse outra vez naquele pequeno incidente.

Mamãe era muito quieta, eu já disse. Era como se ela se esquivasse da gente depois de cumprir suas tarefas. Tinha medo de que a inquiríssemos sobre sua angústia, os problemas, sempre subentendidos nos seus discursos, mas dos quais ela nunca tomava a frente. Era como se Madá fosse viciada nos seus problemas, sabe. Ao contrário da minha avó, que disse ter aguentado as puladas de cerca do marido por causa do amor que sentia, acho que minha mãe era dependente do desamor.

Afinal, uma relação de mágoa com alguém pode significar mais do que uma solidão pacífica. E, embora mamãe fosse sempre meio esquiva, ela precisava de todos nós ao seu redor, principalmente do papai.

O lugar mais fácil de encontrá-la era na cama, lendo um livro. Claro, houvera um tempo em que ela rira mais e fora mais alegre, e papai, então, tocava no violão músicas românticas e gostava de dizer depois do último acorde:

— Essa música eu dedico à Madá.

Isso foi antes, quando eu era bem menor. Mas ainda lembro daqueles tempos, dos dois caminhando de mãos dadas pela praia, do mesmo jeito que eu fazia com Deco depois que assumimos nosso namoro. Claro, Vica ou Paula ou, ainda, Nessa, estavam sempre por perto, certificando-se, por ordem dos nossos pais, que a gente não "passasse do limite".

A gente não passava.

Na época desta história, beijo de língua era uma coisa enorme, de uma importância que nem sei — a gente só se beijava de língua muito de vez em quando, de noite, no centrinho da praia, quando dobrava a esquina e sentava num banco sob um poste cuja luz tinha queimado e que a prefeitura deixava de trocar. Era o nosso cantinho, meu e do Deco.

A gente podia passar horas ali abraçados, falando tolices e cantarolando. Não havia lugar melhor no mundo pra mim do que aquele murinho sujo, onde nos aboletávamos para falar da vida e fazer planos desimportantes para o futuro.

Ao voltar para casa, à noite, eu gostava de ficar na cama sob os lençóis, relembrando nossos beijos e aquele tremor na barriga que me vinha, misto de frio e de calor. Às vezes, dormia já bem tarde, com um sorriso no rosto. E sonhava com Deco.

Acho que ainda não contei como eram as nossas noites de verão. Eventualmente, a gente se reunia na casa uns dos outros para jogar algum jogo de tabuleiro; em outras noites, ia ao centro dar uma volta. Ia toda a turma, até a Beatriz às vezes seguia com a gente, para jogar no fliperama. Bia, apesar de ser menina, adorava fliperama, e o Carioca também — o que fazia Vica fingir que também gostava e passar os dias juntando moedas pela casa e no console do Quantum do pai.

Era um programa simples o nosso, ficar pelas calçadas vendo o movimento dos passantes, tomar um refri ou um sorvete. As meninas olhavam os meninos, os meninos olhavam as meninas. De vez em quando, depois de muitas noites de olhares e sorrisos, um casal se formava, apartando-se do grupo de jovens e adolescentes, escolhendo um cantinho para ficarem a sós.

Meu canto com Deco era o muro da sorveteria Rainha. A gente ficava ali, coladinhos, de mãos dadas, contando histórias, dividindo uma coca-cola, olhando a vida passar ao longo das semanas preguiçosas do veraneio.

Lá pelas tantas, os outros apareciam, vinham Deia com Bia, Ricardo e Tati, Vica (minha mãe ainda não deixava Paula ir ao centro) com o Carioca, o Maninho, que tinha conhecido pessoalmente o Renato Russo lá em Brasília, onde ele morava, Leco e o resto do pessoal da praia, das turmas das ruas de trás, que ficavam mais longe do mar. Alguém trazia um violão e começava a tocar Legião Urbana, todo mundo cantava, ria, batia palmas.

Éramos fãs de Legião Urbana, Marina e Blitz. Às vezes alguém se arriscava a cantar em inglês e vinha uma canção do U2 ou do Stevie Wonder, e a turma então fazia o coro do refrão.

Essas eram as nossas noites de verão.

E foi assim que eu me apaixonei pelo Deco, e também foi desse jeito que Ricardo conseguiu, numa noite depois de muito esforço e vontade, beijar a Deia, para uma semana mais tarde, num luau que preparamos em frente à plataforma de pesca, os dois brigarem feio por causa de um disco do

Legião que Ricardo tinha quebrado sem querer e passarem o resto do verão sem falar um com o outro — até aquela maldita noite em que tudo mudou.

11

Eu já disse que Vica era apaixonada pelo Carioca. Ele era bem bonitinho mesmo, loiro, de olhos azuis, e chiava aqueles *esses* e *erres* que dava gosto de ver. Não sei se ainda é assim, mas, no tempo daquele verão, as meninas do Sul achavam os garotos do Rio o máximo.

Eu tinha sonhado muitas vezes em ir ao Rock in Rio e conhecer um carioca. Mas era muito jovem para viajar sozinha, e Flávio e Madá preferiam guardar dinheiro pra gente ir a Buenos Aires ou para a serra nas férias de inverno. Então, nunca fui ao Rock in Rio e só conheci o Rio de Janeiro muitos verões mais tarde.

Mas a gente tinha o nosso Carioca, e ele era legal. Acho que foi por meados de janeiro que Vica e ele começaram a andar de mãos dadas. Não era bem um namoro, como o meu com o Deco, mas eles estavam sempre juntos, e Vica ficava na praia esperando ele surfar. O Carioca vinha a Pinhal por causa dos avós, que tinham casa ali. Sempre passara as férias no Sul e estava acostumado com o mar escuro, com o vento forte, com o areal. Dizia achar até bonito.

— Gosto de lugar com pouca gente — ele brincava. O Rio de Janeiro era cheio demais. No verão, as praias lotavam. Ali em Pinhal, a gente tinha a areia quase exclusivamente para nós — à tarde, poucas famílias se aventuravam no mar, e a gurizada ficava lá, jogando vôlei, frescobol e taco, e fazendo piquenique.

Vica estava toda prosa, mas pediu que eu não falasse nada para nossos pais:

— Eles me matam. Vou completar treze em março, né?

Paula também jurou discrição, mas isso em troca de alguns picolés. Paula era esperta como todos os irmãos caçulas, que já nascem tendo que se defender dos mais velhos.

Naquele verão, muitos casais surgiram e se desfizeram, como Ricardo e Deia — que duraram tão pouco. De todos, esse foi o rompimento que mais lamentei. Logo vocês vão saber o motivo.

Mas Tati e Maninho também começaram um namorico. Tati tinha mais ou menos minha idade, e Maninho tinha quinze. Os pais do Maninho eram gaúchos, mas, como o pai dele era militar, tinha sido transferido para Brasília havia dez anos. O vínculo com o Sul era Pinhal, pois eles tinham um chalé na rua 2, uma casa bem bonita que a mãe do Maninho herdara. Como em Brasília não tinha mar, só o lago Paranoá, que nem era de verdade, eles fugiam para Pinhal todo dezembro, mas tinham que voltar a Brasília no dia 30 de janeiro, pois as aulas dele começavam em fevereiro, enquanto, no Sul, a gente só voltava para o colégio em março. Pra mim, isso já valia morar aqui. Onde já se viu ter aula no período do Carnaval? Aula em pleno fevereiro era, ao meu ver, um castigo homérico. Deus me livre, eu pensava todos os anos, quando a gente ia até a casa do Maninho no dia 30 de janeiro para dar tchau.

As aulas no Rio também começavam em fevereiro — como podiam chamar um lugar assim de Cidade Maravilhosa? Era um absurdo, reclamava Carioca. Mas não tinha choro nem vela; janeiro chegando ao fim, eles enfiavam as coisas nas malas, as malas no carro, e rumavam a Porto Alegre para pegar um avião no Salgado Filho. O pai do Maninho voltava dirigindo até Brasília, enquanto a família ia de avião. E os avós do Carioca, no dia 1º de fevereiro, depois de despachar o neto pela Varig, voltavam a Pinhal ainda a tempo de acompanhar a procissão de Iemanjá e jogar suas flores no mar em troca de pedidos para o orixá das águas.

De qualquer modo, tínhamos todo o janeiro com a turma completa lá em Pinhal. E, em trinta dias, muita coisa, mas muita coisa mesmo, pode acontecer.

Aquele verão nos trouxe a novidade dos namoros. A dinâmica da turma mudou um pouco com aquela polarização toda. Um dia, nos reunimos na casa do Ricardo e fizemos um juramento: todo mundo podia namorar todo mundo, mas ninguém poderia deixar de ser amigo. Senão, em dois verões, a turma acabava. Todo mundo jurou. No final, Deco disse, rindo:

— Duvido que isso funcione, mas prometo que não serei eu a quebrar a promessa.

Todo mundo riu. Mas Paula e Beatriz, que ainda eram pequenas, acharam aquilo tudo uma grande bobagem. E saíram correndo antes do juramento, para ir até a praça da igreja comprar pipoca doce. Bia, que era uma garota do tipo gordinha, adorava pipoca doce e gastava toda a mesada no velho pipoqueiro do centro, o seu Jair. A gente até brincava, quando queria irritar a Beatriz, que ela acabaria mesmo era namorando o seu Jair. E isso, claro, sempre terminava em choro. Coitadinha da Bia, às vezes éramos um pouco cruéis com nossa caçulinha do grupo.

12

Às dez horas da noite, pontualmente, Vica e eu tínhamos que voltar para casa. Era uma ordem do pai, e era uma lei. Quem se atrasasse, ficava outras três noites sem sair, de molho vendo televisão ou lendo um livro na varanda, de modo que costumávamos obedecer às regras direitinho. Flávio era um cara calmo e alegre, mas, quando ficava bravo, era mais irredutível do que uma montanha.

Lembro daquela noite, era sábado. Ventava um pouco, e previam chuva para o dia seguinte. Chuva era sempre uma chatice: sem praia, a gente tinha que se encontrar na casa de alguém. Mas os domingos chuvosos eram os piores, pois nos fins de semana os parentes vinham da cidade e nossas casas ficavam mais cheias.

Lá em casa, aos sábados e domingos sempre aparecia visita, e a mãe costumava dizer:

— Nos fins de semana, não quero ajuntamento aqui, meninas.

Obedecíamos de mau humor, o que nos obrigava a muitas idas e vindas de bike na chuva — não tínhamos telefone na praia. Portanto, saíamos de casa em casa, juntando a turma toda pelo caminho, até encontrar uma sala vazia onde pudéssemos jogar alguma coisa, ou apenas ficar de papo para o ar, conversando sobre a vida.

Naquela noite de sábado, eu não queria ir embora do centrinho. Fazia frio e o céu encoberto convidava à cama; porém, haveria um show em frente à igreja, uma banda de outra praia daria uma canja no palco da praça.

Mas o relógio já marcava 21h45, e era hora de eu voltar para casa. Não tinha jeito mesmo. Deco se prontificou a me levar como ele costumava fazer sempre, e seguíamos pela calçada, ele, Vica e eu, meio acabrunhados. Vica estava triste, pois, dali a alguns dias, o Carioca voltaria ao Rio.

— Como é que vou ficar o resto do verão? — ela perguntou.

Deco fez um afago na cabeça dela, dizendo:

— A gente cuida de você, Vica.

Depois disso, seguimos quietos por duas quadras. Tinham falado que o show seria muito legal, e o peso daquela volta para casa me incomodava. Então, Deco perguntou:

— Seu pai não deixa você ficar até mais tarde, só hoje, Clarinha?

Dei de ombros. Ao meu lado, Vica soltou uma risadinha e disse:

— Papai é um cara simpático. Mas ele é bem rígido com certas coisas.

— Nem se eu pedir? — ele perguntou, piscando um olho pra mim. — Cuido de vocês direitinho, seu pai me conhece desde pequeno. Depois trago vocês para casa, assim que o show acabar.

— Se você tentar — eu disse —, ficarei feliz.

E assim fomos, apressando o passo pelas calçadas vazias, dobrando aqui e ali, até que a silhueta do nosso sobrado, iluminado na noite escura, destacou-se ao virarmos a última esquina. De longe, vi o pai na varanda, sentado na sua cadeira predileta, dedilhando seu violão. Como Flávio gostava daquele violão... Mas, afora a música do Lupicínio que deveria estar cantarolando, discretamente ele esperava por nós.

Ao chegarmos ao portão, o pai sorriu para nós.

— Boa noite, turma — ele disse. — Obrigado, Deco, por trazer as meninas em casa.

Deco se apoiou no portão e, com um sorriso meio tímido, arriscou:

— Seu Flávio, vai ter um show hoje lá no centro, na verdade deve estar começando... Será que eu poderia levar as meninas de volta? Prometo que à meia-noite eu as devolvo aqui, direitinho.

Meu pai alargou ainda mais seu sorriso, apoiando o violão, com todo o cuidado, na parede ao seu lado.

— Um show, é? — ele perguntou.

— É — disse Deco. — É uma banda de covers do Duran Duran. Um som bem legal. Se o senhor permitir, seu Flávio...

Meu pai ficou em pé, andou pela varanda, desceu os degraus até onde estávamos, bateu no ombro do Deco com carinho e disse:

— Meu filho, agora você já trouxe as meninas para casa. Imagina ir e voltar outra vez? Seria uma trabalheira... Melhor deixar para uma próxima, não é?

Deco entendeu o recado direitinho. Plantou um beijo na minha bochecha, deu tchau pra Vica e, depois de dizer que voltaria para casa com a irmã, Nessa, assim que o show terminasse, retomou o caminho para o centro.

Fiquei uns instantes vendo-o seguir pela rua, sob a luz amarelada do poste, até que ele dobrou a esquina e sumiu da nossa vista.

Ouvi a voz do papai atrás de mim:

— Clarinha, você só tem catorze anos. Cada coisa a seu tempo, e agora vai dormir, vai. Sua mãe e Paula já estão deitadas, portanto, não faz barulho.

Dei boa-noite para meu pai e, entrando em casa na ponta dos pés, fui para o banheiro me arrumar. Vica estava lá, escovando os dentes, já de camisola. O banheiro da nossa casa era enorme e lúgubre, e eu não gostava de ficar ali sozinha à noite.

— Vica, me espera — pedi.

Vica cuspiu a espuma da pasta de dentes na pia e disse:

— Se apressa, então. Eu tô morrendo de sono.

— Tomara que chova logo — eu disse, tirando o vestido.

Vica riu:

— Sua boba. Deixa os outros aproveitarem o show. Assim é egoísmo.

Mas eu estava com um aperto no peito, uma coisa esquisita. Eu não sabia dizer por que estava tão triste, mas sentia até vontade de chorar. Talvez fosse a noite pesada, com cara de chuva, talvez aquele banheiro enorme, escuro e úmido, que sempre me parecia mal-assombrado.

Vica e eu fomos para o quarto e, depois de algumas frases à toa, mergulhei num sono sem sonhos, num mundo fluido que ficava bem longe de Pinhal, do Deco, dos meus pais e das minhas irmãs.

Acordei com um susto, na penumbra do quarto. Dava para ver a claridade por entre as frestas da veneziana e ouvir o barulho de água correndo na calha. Chovia bastante lá fora. Da cozinha, vinha o barulho das panelas da mamãe.

Fiquei na cama até as onze horas da manhã. Quando saí de casa, encontrei a turma na varanda da Deia, jogando cartas. Fiquei triste porque Deco não estava lá, e acho que Maninho notou meu desconsolo e falou:

— Deco está dormindo, Clara. Deve ter voltado tarde para casa ontem porque, quando deu meia-noite, acabei levando a Nessa pra casa. Ela não conseguia encontrar o irmão.

Todos ficaram calados. Deia pediu licença e entrou em casa, com a desculpa de que tinha que ajudar a mãe a fazer a salada de maionese.

Maninho, olhando suas cartas, ergueu os olhos de repente. Tinha dado um fora, claro.

— Não fica assim, Clara — falou Tati.

Ricardo, que era um cara legal, um grande leitor, e que sempre me emprestava muitos livros, disse:

— Vai ver que o Deco encontrou algum amigo de Porto Alegre. Parece que um cara da banda era colega dele lá no Rosário...

Maninho estava todo sem graça.

— Sem problemas — falei, meio nervosa. — Às dez da noite, eu viro abóbora, né? Deixa o Deco se divertir.

— Desculpa, Clara — pediu Maninho. — O Deco devia estar com os colegas e se atrasou. Ele tem dezesseis anos, pode voltar para casa mais tarde do que você.

Todo mundo aquiesceu, inclusive Beatriz, que estava por ali e muito atenta ao papo todo.

Deco tinha dezesseis anos e também aparentava ser mais velho. Era estranho mesmo que ele gostasse de mim, uma menina meio desengonçada, magra demais e com pais rígidos.

Para disfarçar, sentei ao lado da Bia e pedi umas cartas pra mim. Eu queria jogar, bater a partida e depois voltar para casa e chorar.

Chovia lá fora, e o barulhinho da chuva me deixava ainda mais triste. Sabe aqueles dias em que a gente nem deveria ter saído da cama? Pois é, assim era aquele domingo. Mas, na varanda da casa da Deia, iniciando uma partida de cartas, eu não sabia da missa nem a metade.

Beatriz, do meu lado, estava muito animada. A mãe dela, dona Lourdes, tinha um primo com duas garotinhas gêmeas que se davam bem com Bia. E esse primo iria passar em Pinhal naquela tarde de domingo, para levar Beatriz com eles em uma viagem de dez dias por Santa Catarina.

— Até já fiz a minha mala! — disse ela, eufórica.

Voltando da cozinha com um pano de pratos na mão, Deia deu de ombros:

— Nem vamos sentir sua falta, pirralha.

Dava para ver que ela estava morrendo de ciúme da viagem da irmã. Ou então era outra coisa qualquer, porque Deia estava meio inquieta, mais irritadiça do que de costume. Ela rondou um pouco a gente, mas logo dona Lourdes a chamou para ajudar com o almoço, pois estavam esperando o tal primo com a família.

Assim era a vida, eu ali, triste, e Bia toda animada com a perspectiva de dez dias no litoral de águas verdes e mornas de Santa Catarina. Fiquei com vontade de sumir também — se eu viajasse no finalzinho de janeiro, será que Deco sentiria minha falta, como Vica sentiria do Carioca, ou simplesmente ficaria à noite, no centrinho, andando com uma ou outra menina, curtindo a liberdade que seus pais lhe davam? Eu estava tão distraída que perdi o jogo, embora tivesse três trincas na mão.

Quando a partida acabou, Ricardo bateu no meu ombro:
— Não fica assim, Clarinha. Deixa o Deco explicar antes... — ele disse, piscando um olho para mim. — Agora me vou, porque, se eu me atrasar para o almoço, vai ter bronca lá em casa.

Ricardo e Nessa foram embora, Maninho e Leco também.

Fiquei mais um pouco na casa da Deia, enquanto Bia, muito feliz, separava as últimas coisas para sua viagem: um snorkel e um maiô de lycra. Eles iriam praticar mergulho na praia de Bombinhas, e Bia não parava de falar das primas, de como todos eram legais e como a viagem seria fan-tás-ti-ca.

Às duas horas, voltei para casa. Sentia uma coisa estranha, uma sensação de desacerto. Deia me deu um tchau de longe, ocupada com a mesa e as ordens da mãe.

Chovia quando atravessei o portão do chalé. Vica e Paula ouviram o ruído, e me espiaram da janela.

— Sai da chuva — disse Paula. — A mãe vai te dar um pito. Tem visita, lembra?

Corri para dentro de casa e troquei a camiseta úmida por uma seca. Eu já estava super mal-humorada, imagina ainda levar bronca da mãe?

Lá nos fundos, o pai estava tirando a carne do fogo, e tínhamos a visita de uns tios do interior. Flávio era um ótimo churrasqueiro, a comida estava cheirando maravilhosamente bem e todos pareciam alegres, rindo e brincando ao redor da mesa que minha mãe tinha abastecido de saladas e de bebida gelada. Eu estava triste, triste mesmo, mas não a ponto de perder o apetite, e comi com gosto o churrasco do meu pai.

No meio da tarde, ouvi alguém me chamando do portão. Estávamos terminando a sobremesa.

Vica me cutucou e disse baixinho:

— É o Deco, Clara. Corre lá, que ele vai ficar ensopado.

Pedi licença e saí rapidinho da mesa, sem deixar de perceber os risinhos dos adultos e a voz indulgente do meu pai dizendo coisas como *primeiro amor, ela já é uma mocinha* e *estou ficando velho*. Ser adolescente num mundo de adultos não é fácil. Às vezes, você já está lá dentro, compartilhando descobertas e medos, em outras você está fora e parece que nunca vai entrar, nunca será aceito, logo os adultos estão fazendo graça de seus problemas, suas angústias, usando-os como assunto entre a sobremesa e o cafezinho.

Tive vontade de voltar correndo e mandar meu pai ficar quieto — eu por acaso fizera piadinha dos problemas dele e da mamãe? Tinha comentado com alguém alguma coisa que eu vira ou ouvira?

Em vez disso, corri para abrir o portão para o Deco, e nos abrigamos da chuva sob o teto da varanda.

Eu estava quieta, ele estava molhado e sem jeito, e foi logo falando:

— Clara, desculpe.

Não tinha coragem de olhá-lo nos olhos, então fiquei fitando meus pés queimados de sol. Eram magros e compridos como os pés da minha avó paterna, pelo menos era o que diziam na família. O que eu iria falar para o Deco? Meu coração batia forte, e eu sentia o calor dele ao meu lado, podia ver suas pernas musculosas, com pelos finos e dourados, os pés descalços, molhados e cheios de areia.

Deco segurou a minha mão com delicadeza.

— Olha pra mim — ele pediu.

— Você mentiu — falei, sem encará-lo. — O Maninho se enrolou todo, me contou. Você sumiu ontem depois do show.

— Olha, eu não menti — ele disse, baixinho. — Quando trouxe vocês para casa, aquele era meu plano. Mas aí cheguei lá no centro... Um cara da banda que tocou ontem é do meu colégio, ele tinha vindo com uns amigos, e depois a gente saiu, foi ver o mar e bater papo na praia. Foi isso.
— Uns amigos? — perguntei. — E amigas, não tinha?
Deco apertou minha mão, e eu puxei o braço rapidamente. Não queria sentir o calor dos dedos dele, não queria titubear e terminar abraçando-o.
E então ele disse:
— Tinha amigas, sim. Duas meninas lá do colégio. E a Deia foi também. O pai dela deixou... E eu beijei uma delas, Clara. Não vou mentir, foi uma besteira. Tô muito arrependido, mas beijei.
— Beijou? — perguntei, os olhos ardendo. — E veio aqui me contar?
Ele passou a mão pelo rosto úmido de chuva e me olhou com carinho.
— Vim aqui te pedir desculpas. Me desculpa, Clara? Fiz uma besteira e assumo.
— Eu não esperava isso de você, Deco.
Ele me olhou fundo nos olhos e disse:
— Eu beijei a Deia ontem, Clara. Seria fácil dizer que foi culpa dela, que a Deia estava dando em cima de mim desde que largou o Ricardo, e que ontem, bem... Ela foi lá já meio que decidida. Sabia que você tinha que voltar cedo e tal.
Eu não acreditava no que estava ouvindo. Me encostei na parede úmida.
— A Deia? — repeti.
Deco aquiesceu.

— Sim. Eu beijei a Deia. E não vou pôr a culpa só nela, não. Ela tentou, eu quis. Mas logo depois, logo depois mesmo, eu soube a besteira que tinha feito. Eu gosto de você, Clara.

Lembro que senti uma zonzeira estranha, e a comida no meu estômago pareceu executar uma dança. A chuva começava a engrossar e uma névoa fina e branca parecia vir dos lados do mar, apagando os contornos da rua lá na esquina, desbotando as casas e escondendo a galhada dos pinheiros.

Era como se Pinhal toda estivesse desaparecendo no meio da tarde, como desaparecia, dentro de mim, a minha alegria. Pensei na mãe por um momento, em como ela se sentia.

Então olhei para Deco e disse, calmamente:

— Vai embora, por favor. Não desculpo o que aconteceu.

E ele não disse nada, apenas me olhou fundo por um momento, depois desceu as escadas da varanda, seguiu pelo caminho de pedras até o portão, fechando-o sem nenhum ruído, e sumiu sob a chuva e a neblina sem deixar rastros, apenas aquela tristeza aguda dentro de mim.

13

Não voltei para o churrasco e nem foi preciso inventar uma desculpa: o almoço pesara no meu estômago e tive que me deitar. Um pouco mais tarde, a mãe levou uma xícara de chá de boldo no quarto.

— Bebe, Clara — ela disse, carinhosa. — Vai ajudar com teu enjoo.

Tomei uns goles só para deixá-la contente, depois virei de lado e fiquei pensando na vida. Como Deia e Deco puderam fazer aquilo comigo? Eu jamais me envolveria com o cara que uma amiga minha gostasse! Sim, diziam que os hormônios, na juventude, eram incontroláveis. Mas, pô, nenhum dos dois tinha neurônios para equilibrar todo aquele estrago hormonal?

Senti muita raiva, chorei, jurei nunca mais falar com a Deia. A turma estava deteriorada, embora tivéssemos feito aquele pacto estúpido no começo do verão. Lembrei do que Deco dissera, talvez ele já estivesse armando mesmo. Ah, como pensei bobagens naquela tarde, agarrada ao meu travesseiro como um náufrago a um pedaço de madeira flutuante.

Lá pelas cinco, a chuva parou.

Deitada na cama, notei que as calhas encerraram sua cantoria, e ouvi um leve piar de pássaros. Saí da cama e abri a veneziana para ver o quintal molhado, a água escorrendo pelos caminhos de areia no terreno da vizinha, e um cachorro escarafunchando a terra, todo feliz, sujo e molhado.

Quando virei o rosto, percebi que, num canto da varanda (que dava a volta em todo o sobrado), estavam sentadas Vica, Paula e Deia. As três, mudas, me olhavam.

Senti uma grande confusão. O que as minhas irmãs estavam fazendo ali, com a Deia?

Antes que eu pudesse falar qualquer coisa, Deia se levantou e disse:

— Vim te ver, Clara. E as meninas me fizeram companhia. Não briga com elas.

— Não vou brigar com minhas irmãs — respondi, o coração aos pulos. — Meu problema é só com você. Com o Deco, eu já resolvi.

Deia aquiesceu, aceitando minha raiva com uma mansidão que não combinava com ela. Correu os dedos pelos seus belos cabelos loiros e me olhou, meio sem jeito.

— Posso pular a janela e entrar aí? Não queria passar pela sala — ela disse. — Seus pais e um monte de tios estão lá.

Do seu lugar, Paula falou:

— Escuta a Deia, mana. Não custa nada.

Olhei pra Paula, ainda tão pequena. O que ela tinha a ver com aquilo? Decerto, toda a turma já sabia daquele maldito beijo. Provavelmente Bia tinha contado para minha irmã, afinal, elas costumavam brincar juntas. Eu estava, além de brava, morrendo de vergonha de tudo aquilo. Eu sempre achara que Deco era demais pra mim — como se dizia? —, muita areia para meu caminhãozinho. Mas aquele papelão público, bem, eu não merecia.

— Pode pular, Deia — eu disse, finalmente, e dei um passo para o lado, abrindo espaço para ela entrar.

Ela se moveu com fluidez e, quando vi, estava ao meu lado, me olhando.

Ficamos só nós duas no quarto, e fechei a janela. Sentei na cama, e Deia, sem jeito, sentou no chão, esfregando os chinelos de borracha no piso de madeira, *shiss, shass, shiss, shass*.

Esperei que ela parasse com aquilo e começasse a falar. Depois de alguns instantes, o rascar subitamente cessou e a voz dela elevou-se no ar:

— Vim te pedir desculpas, Clara. Eu quis beijar o Deco ontem, embora goste de você. São duas coisas diferentes, sabe? O que sinto por você e o que sinto por ele. Acho que, no fim, me confundi.

— Se confundiu, Deia?

Ela aquiesceu:

— Eu sabia que era errado, mas quis e o beijei.

— Por que você está repetindo isso? — perguntei, já à beira do choro. — Já estou careca de saber que vocês se beijaram depois que voltei para casa.

Ela ficou de pé, aproximou-se de mim e disse, baixinho:

— Deco gosta de você, Clarinha. Vim aqui te dizer isso.

— Não precisava ter vindo, não depois de ontem.

— Mas eu vim. Eu errei — ela disse, suspirando. — Queria que você me desculpasse. Corri atrás do Deco ontem, ele acabou cedendo.

— Não tem vítima nessa história de vocês — eu falei. — Os dois fizeram. Os dois quiseram.

Deia deu de ombros. Andou pelo quarto, olhou-se no espelho, riu tristemente. Então, num impulso, sentou-se ao meu lado e falou em voz baixa:

— Clara, eu errei... Talvez demore pra você me desculpar, talvez nunca me desculpe. Mas você deve desculpar o Deco, ele gosta de você. Me disse isso ontem, antes de me deixar em casa. Ele estava arrependido.

Fiquei olhando pra ela por bastante tempo. Um solzinho tímido, de entardecer, fazia força para brilhar lá fora, penetrando mansamente por entre as frestas da veneziana de madeira. Deia torcia as mãos ritmadamente. Então, contou que tinham ido à praia depois do show, que ela sentara ao lado do Deco e que a coisa toda acontecera. Cometera um grande erro, Deco era meu namorado, a turma era unida.

— Me desculpe — ela pediu mais uma vez. — Agora tenho que ir. A Bia vai viajar daqui a pouco.

— É — respondi. — Eu sei, até a ajudei a terminar a mala hoje cedo.

— Pois então — falou Deia, e tirou do short um envelope dobrado ao meio e lacrado. — Ela te mandou esta carta. Coisa de criança, né? Não sei o que está escrito aí, mas ela colou figurinhas. Ela gosta de você, Clarinha... — Deia deu de ombros, baixou a voz e acrescentou: — Eu também.

Então, deu um beijo leve no meu rosto, abriu a veneziana e pulou a janela com rapidez, desaparecendo pela varanda até o portãozinho. Quase pude vê-la correndo até sua casa, que ficava no final da nossa rua.

Permaneci um bom tempo com a carta na mão, olhando o envelope branco com aquela borda verdinha-clara e o meu nome escrito na frente, com a letra infantil e bonitinha da Beatriz.

Então, abri. No meio de alguns adesivos de coração e de pássaros, havia a letra dela, redonda, incerta, macia:

Querida Clarinha,

Eu sei o que aconteceu, a Deia às vezes não pensa bem e faz coisas erradas. Uma vez, ela quebrou minha boneca preferida, uma Barbie que tinha ganhado no meu aniversário de nove anos. Eu estou meio grande para brincar de bonecas, mas eu gostava muito daquela. A Deia quebrou porque eu não deixei ela ver a novela, era o último capítulo do meu seriado, e a mamãe não estava em casa. Ela tinha deixado eu ver o meu programa, mas a Deia insistiu. Ela gostava do mocinho, o Kadu Moliterno, acho que o nome é esse. Daí ela pegou a minha Barbie e atirou na parede. Caiu um braço, e eu chorei.

A Deia se arrependeu, e não foi porque o papai botou ela de castigo. Sabe, ela juntou dinheiro e me comprou outra boneca, até mais bonita. Eu não brinco mais, mas deixei lá na estante do meu quarto, e quando a Deia briga comigo, eu olho a boneca e me acalmo.

Se ela estivesse aqui, eu deixava com você. Mas ficou em Porto Alegre, né? Sei que você não gosta mais de bonecas e que beijar o namorado da amiga é muito feio, mas a Deia se arrependeu. Eu vi ela chorando hoje de manhã, e era de vergonha. Você é uma menina legal, não fica triste *com a Deia, tá? Nem com o Deco. Vou te dizer uma coisa: o papai sempre diz que a Deia é teimosa feito uma mula, o Deco deve ter se metido numa enrascada, e agora ficou pra você a tarefa de perdoar eles dois, mas você é muito legal, Clarinha, eu sei que é.*

Vou trazer umas fotos da viagem pra te mostrar. Aproveita a turma por aqui, um beijo,

Beatriz

Fiquei com lágrimas nos olhos depois de ler aquelas linhas. Vontade de sair correndo e abraçar aquela garotinha meio gorducha, de olhos azuis e coração de ouro. Às vezes, ela era meio manhosa, mas o que ela tinha feito, escrevendo aquela cartinha, era maior do que tudo, maior do que a sinceridade do Deco, maior do que a humildade da Deia ali na minha frente havia pouco.

Ela tinha pensado em mim, ela entendia o que eu estava sentindo. Antes de viajar com as primas, Bia achara um tempo para me escrever aquelas palavras queridas.

A tarefa de perdoar era minha, como tinha dito a Beatriz. Fiquei um bom tempo sentada na cama, segurando o bilhete escrito numa folha pautada, com os picotes da espiral pendurados. Depois dobrei bem direitinho e guardei aquela carta na minha gaveta das coisas especiais.

Na volta da viagem, prometi a mim mesma que ia começar a olhar Bia de um modo diferente.

Ela era mesmo uma menina legal.

Ou, pensei rindo baixinho, um projeto de menina legal.

14

Os dias seguintes não foram fáceis pra mim. Perdoar e superar não são coisas que a gente consegue fazer de uma hora para outra. Pelo menos não eu. Fiquei três dias em casa sem querer sair. Inventei uma desculpa de que estava com dor de garganta e, em troca de comer umas pastilhas de gengibre, mamãe me deixou em relativa paz, trancada no meu quarto. Afinal, de necessidade de solidão, a mamãe entendia bem.

Na terça-feira, meu pai foi a Porto Alegre, porque tinha compromissos de trabalho para resolver na cidade. O tempo melhorou depois de dois dias de chuva intermitente e o sol voltou.

Vica e Paula iam à praia e diziam para a turma que eu estava doente. Todo mundo sabia que era mentira, que o problema era o Deco, mas ninguém questionou. Vica estava aproveitando os últimos dias do Carioca em Pinhal, pois ele voltaria em breve para o Rio de Janeiro. Ela me deixou quieta naquela semana, ocupada com idas à sorveteria e piqueniques na praia, convites que recusei um por um.

Paula entrou no meu quarto uma hora, acho que foi na quarta-feira, e disse:

— Sei que a Bia te mandou uma carta.

Confirmei a informação:

— Mandou, sim. Achei carinhoso da parte dela.

— A Beatriz é gente boa — ela disse, sorrindo. — Prometeu me trazer um presente de Santa Catarina. Uma blusa ou um colar de conchas.

Achei graça:

— Sério? Com que dinheiro, Paula?

— Ela disse que o pai tinha dado dinheiro para os picolés e sorvetes, mas que não ia tomar nada disso. Assim, emagrecia um pouco e já me trazia um presente bem bonito.

Dei um beijo na minha irmã caçula. Ela ficou me olhando com um sorrisinho bobo no rosto, e vi como era parecida com o papai, a mais parecida de nós. Os mesmos olhos escuros e vivos, o nariz reto, e aquele jeitinho de sorrir meio de lado. Papai era um cara bonitão, e a Paula seria uma bela moça quando crescesse, pensei.

Ela logo se cansou de ficar ali no quarto. Aquela fossa era minha, e o mar estava bandeira amarela, ela disse.

— Quer ir comigo dar um mergulho?

— Minha garganta está doendo — respondi.

Paula deu de ombros:

— Mentirosa. Só porque tenho onze anos, você acha que me engana?

E saiu correndo do quarto, decerto para chamar a Tati para ir à praia com ela.

Naquela mesma tarde, Ricardo foi lá em casa e me levou dois livros da Agatha Christie.

— Toma — ele disse, sorrindo. — Agora você tem leitura para todo o tempo que durar essa sua fossa.

— Não estou na fossa — respondi, atirada na cama, meu bronzeado se apagando. — Estou com dor de garganta.

Ricardo riu.

— Está bem, eu sei... E o Deco está com caxumba.

Sentei na cama, assustada:

— Com caxumba? — perguntei.

— Sei lá, Clara... — Ricardo deu uma piscadela. — Só sei que ele não aparece na praia desde ontem. E não foi para a casa da Deia quando marcamos um campeonato de canastra. O Maninho disse que ele foi a Porto Alegre com o pai, para uma consulta médica, mas a Nessa confessou pra minha irmã que ele está em casa, triste, por sua causa.

Uma alegria minúscula piscou dentro de mim feito uma lâmpada com mau contato, mas continuei séria, na minha. Como é que eu iria confiar na coitada da Nessa? Provavelmente, ela estava acobertando o irmão, vai ver a tal turma que viera para o show tinha ficado na praia e Deco andava envolvido com eles.

Deslizei outra vez para meu travesseiro e disse:

— Não quero nem saber. Obrigada pelos livros, Ricardo.

E enfiei o nariz no primeiro volume, *E não sobrou nenhum*.

Ricardo foi embora, não sem antes provar uma fatia do bolo de morango da mamãe. E voltei a mergulhar no meu silêncio pelo resto do dia.

À noite, Vica saiu com a turma, mas eu fiquei com meu livro, quieta. Não tinha vontade de sair e encarar aqueles dois. Dormi cedo e não sonhei com nada. A casa estava silenciosa, como sempre ficava quando o papai estava na cidade. Acordei cedo, tomei meu café e voltei para a cama, ou melhor, para a ilha onde o mistério continuava e onde os convidados do casal U. N. Owen estavam presos e sendo assassinados um a um. Terminei o livro já no final da manhã, e, quando estava pronta para começar *O Natal de Poirot*, mamãe entrou displicentemente no quarto com um copo de suco e um sorriso:

— Ainda está mal da garganta? Estou pensando em levar você ao médico, Clara — ela disse, me entregando o suco. — Toma, é de laranja. Vitamina C.

— Mamãe, não preciso de médico, estou melhor...

Ela sorriu, sentando-se na beirada da cama. Era uma cama antiga de mogno que tinha sido da minha mãe na sua juventude. Por um momento, pensei que ela havia curtido suas próprias fossas ali, naquele ninho de madeira, macio e limpo, antigo e sólido.

— Sua garganta pode até estar melhor — ela disse —, mas seu coração...

Era raro minha mãe ter um gesto daqueles, e me emocionei. Mamãe era uma castelã desconfiada. Vivia enredada em suas próprias mágoas. Mas havia uma solidariedade feminina naquilo, naquele gesto de aproximação: ela parecia dizer "você está dentro". O que eu sentia era uma dor adulta, dor que minha mãe conhecia bem.

Suspirei fundo e, num arroubo, desabafei:

— Mamãe, o Deco beijou outra menina no sábado.

— Eu sei — ela disse, e me deu um abraço. — Vica me contou. Mas não brigue com ela, eu praticamente a obriguei a me dizer o que estava se passando com você, Clara.

— E essa menina era a Deia, mamãe — acrescentei.
Madá me olhou no fundo dos olhos e respondeu:
— Também sei disso, minha filha.
— Estou tão triste — disse, e comecei a chorar.

A mãe me abraçou bem forte, cantarolando baixinho, como costumava fazer quando éramos pequenas — ainda posso vê-la andando pela sala com a Paula, um bebê rechonchudo em seu colo, cantando para que ela parasse de chorar e conseguisse dormir, pois minha irmã tinha um sono muito agitado.

Agora ela estava ali comigo. A gente crescia e as dores eram outras. Joelho ralado era substituído por brigas entre amigos, dor de estômago virava traição amorosa, e medo de escuro, falta de coragem. Mas a mãe da gente seguia ali, firme e forte, e as gotinhas de remédio transformavam-se em conselhos, abraços e sábias reprimendas.

Mamãe me embalou por algum tempo, depois disse:
— Não fique assim, Clara. — Ela deu um risinho amargo. — A triste desta casa sou eu, você sabe. E, do alto da minha tristeza, vou te dizer uma coisa. — Ela suspirou fundo e virou-me de frente, olhando dentro dos meus olhos. — Todo mundo erra. Todo mundo mesmo, cedo ou tarde. Seja namorado ou amigo, todo mundo erra nesta vida, Clarinha.

Abaixei a cabeça:
— Eu sei, mamãe. Mas, mesmo assim, ainda dói muito.

Ela perguntou:
— Deco veio aqui domingo, não veio?
— Veio sim.
— Para quê?
— Para me contar e pedir desculpas — eu disse. — Mas, mamãe, fiquei muito magoada. Estou me sentindo feia e boba, todo mundo deve estar falando disso por aí.

— É por isso que você não sai de casa? — perguntou Madá.
— Um pouco, é por isso sim.
— Olha, Clara... — ela disse numa voz macia. — Como o Deco, eu já errei muitas vezes. E um dos grandes erros que cometi foi não saber perdoar seu pai, muitos anos atrás. Depois disso, ele seguiu errando, e eu continuei não perdoando, até que tudo... Bem, até que tudo ficou como ficou. Um grande nó bem difícil de ser desfeito.
— Vocês quase não se falam.
— Pois é — disse a mamãe. — Certas coisas cristalizam, não têm volta. A não ser com um esforço honesto e sincero de ambas as partes. Mas, veja, Deco veio aqui, ele fez esse esforço. Além disso, minha filha, vocês são muito jovens, estão aprendendo a errar e a acertar... Você ainda tem um mês de verão pela frente, uma vida pela frente, Clara! Se quiser perdoar o Deco e a Deia, perdoa e fim. Se não quiser, esquece, respira fundo e vai se divertir com a turma. Vica e Paula acabaram de sair de bicicleta, todos iam se encontrar na praia.

Fiquei ali, olhando minha mãe do meu lado, e ela me pareceu muito diferente — tão palpável, tão amiga. Durante todo o tempo, escondida na sua casca de tristeza, Madá estivera ao meu alcance sem que eu soubesse.

Mamãe se levantou, pegou o copo de suco, ajeitou a saída de praia e sorriu pra mim.
— Acho que vou até o centro — ela disse. — Tomar um sorvete com a Laura.

Laura era nossa vizinha. Todos nós tínhamos nossas turmas lá em Pinhal.

Agradeci pelos conselhos e vi mamãe seguir pelo corredor. Ela tinha razão. Ficar em cima do muro para sempre não era uma posição, apenas covardia.

Eu ficara três dias deitada ali, digerindo aquela história toda. Deco tinha se desculpado. Deia tinha vindo me ver com o rabo entre as pernas.

Agora era aceitar ou não.

Afinal de contas, olhei pela janela, o sol brilhava lá fora. Estava um dia lindo, e todos tinham ido à praia, conforme mamãe falara.

Por fim, suspirei fundo, coloquei um biquíni e uma camiseta bem solta por cima, peguei minha bicicleta e saí.

Não fui à praia com o pessoal, ainda não — mas pedalei até a única livraria de Pinhal com o dinheiro da minha mesada no bolso, querendo comprar mais uns títulos da Agatha Christie pra mim.

15

A **Casa do Leitor** era um **sobrado** parecido com o nosso, de madeira azul e varanda sobre pilotis, cujos cômodos da frente haviam sido transformados em livraria. Acho que foi lá que comprei meu primeiro livro — quero dizer, o primeiro no qual investi minha mesada —, *Pé de pilão*, do Mário Quintana. Desde aquela primeira tarde em que fui até a Casa do Leitor, pelas mãos do pai, aquele virou um dos meus programas prediletos na praia.

Uma senhora magra e simpática e seu filho loiro atendiam por ali. Eu gostava de ficar mexericando nas prateleiras, olhando um ou outro livro, sem pressa, examinando orelhas e lombadas. Eles eram simpáticos e me conheciam desde pequena. A gente meio que vinha crescendo juntos, a livraria (que começara no pequeno hall e agora já ocupava três cômodos do sobrado) e eu.

Fiquei muito tempo na livraria, saí de lá com dois novos livros da Agatha Christie e sem mesada, mas contente. Pedalando pelas calçadas ensolaradas, de volta para minha casa, senti vontade de rir de novo, de me divertir. A conversa com minha mãe tinha serenado alguma coisa. Para tudo havia um tempo, afinal de contas. Três dias trancada em casa tinham sido o suficiente para mim.

E, qual não foi o meu espanto, ao virar a esquina da minha rua, pedalando com a brisa no rosto, quando vi Deco encostado ao muro da nossa casa, com seu skate do lado, esperando sob o sol, de olhos fechados.

Não havia ninguém em casa, pois minhas irmãs estavam na praia, e mamãe tinha ido tomar sorvete com Laura.

Ele esperava ali, sem pressa, e como estava bonito!

Senti minhas pernas tremerem de leve, uma quentura subindo pelas minhas entranhas, mas consegui pedalar até o portão e desci da bicicleta num pulo rápido, encostando-a no muro.

Deco levantou-se com calma, tinha os movimentos suaves de um gato, sempre com aquele meio sorriso estampado no rosto.

Por um momento, pensei em Deia, mas logo afastei aquelas ideias bobas. Ou perdoava, ou não. Mamãe sabia das coisas, pelo menos, desse tipo de coisas.

Deco se aproximou de mim.

— Oi — ele disse. — Vim te ver, Clarinha. — E sorriu, meio sem jeito, meio tentando me cativar: — Se você quiser, né?

Eu estava molenga feito uma gelatina, de tão nervosa. Espiei por cima do muro, mas vi apenas a varanda com as duas espreguiçadeiras vazias, a cortina da janela balançando suavemente com a brisa de verão.

Estava sozinha com Deco ali, sob o sol macio da tarde.

— Oi — eu disse, finalmente, e sentei na calçada ao lado dele.

Nem pensei em chamá-lo para dentro de casa. Era curioso como a presença dele me confundia, me transtornava.

Deco me olhou no fundo dos olhos:

— Me falaram que você estava doente — disse.

— Garganta — respondi. — Mas já estou boa.

— Você estava lá na praia com o pessoal?

— Não. Fui comprar uns livros e passear sozinha um pouco.

— Ah — ele respondeu, procurando assunto. — O que você comprou?

Mostrei ao Deco meus dois livros novos, prometendo que os emprestaria depois que os tivesse lido.

Ele riu. Sentou ainda mais perto de mim e sussurrou:

— Prefiro ler juntinho com você. E prefiro ouvir que você me perdoa. — Ele piscou um dos olhos: — Perdoa, vai...

Baixei o rosto, envergonhada.

Então, disse por fim:

— Você também andava sumido, Vica me contou. Achei que estava com a turma que veio da cidade, seus amigos do Rosário.

— Não — ele respondeu. — Estava em casa mesmo. Juntando coragem para voltar aqui e te pedir desculpas de novo, Clara.

Encostada no muro, sentindo o calor do calçamento subir pelas minhas pernas, pensei em tudo o que minha mãe me falara.

Era pegar ou largar...

E Deco estava ali na minha frente, me olhando com carinho, tão bonito, moreno, descabelado.

Sorri pra ele, um sorriso que veio lá de dentro.

— Está bem, Deco. Eu te perdoo.

Então ele me beijou.
Beijo de língua, à luz do sol.
Na rua onde eu morava.
Em meio à minha felicidade, agradeci por meu pai estar em Porto Alegre, e minha mãe, lá no centro. Nenhum vizinho apareceu na janela, pelo menos, não que eu tenha visto, e os passarinhos cantavam dentro e fora de mim quando entramos no pátio, eu com minha bike, Deco com seu skate, ambos felizes e reconciliados, depois de tantos dias de tristeza e pastilhas de gengibre.

O chalé era nosso por algum tempo, pois eu sabia que Madá e Laura iriam inventar várias voltas pelo centro até voltarem para casa, no final da tarde, exaustas e cheias de compras.
 Não sei se foram aqueles três dias de afastamento, a possibilidade da separação ou o ciúme que senti da Deia beijando meu namorado, mas, logo ali na sala, caímos um por cima do outro no sofá.
 Que mistura de braços, mãos e línguas...
 A tarde, silenciosa e dourada, nos protegia do futuro e do passado, só aquela casa existia, somente nós dois ali, sobre aquele sofá que me vira crescer ao longo dos verões todos, até me transformar numa moça.
 Uma moça com namorado.
 Um namorado afoito, que dizia:
 — Clarinha, sou louco por ti.
 Aos beijos, tudo isso.
 Quando a gente beija, o cérebro para de funcionar. Os pensamentos são lampejos fugazes, *vupt*, só o que conta, só o que dura, é a sensação. Mil agulhas de luz pelo cor-

po todo, e as mãos do Deco correndo pelos meus peitos, entrando e saindo de dentro da camiseta, seus dedos enredados na parte de cima do meu biquíni, feito peixes numa rede de pesca.

Lá pelas tantas, um ruído nos assustou. Deco deu um pulo, recompondo-se. O sofá ficava sob a janela. Ele se levantou, olhou pra rua lá fora. A tarde azul e dourada caía lentamente, um vento suave balançava os pinheiros altos, que se multiplicavam a perder de vista entre as casas do balneário.

Mas, afora a dança dos pinheiros, nada se mexia.

— Deve ter sido um galho de árvore roçando no telhado — eu disse.

No entanto, Deco sentou-se, ajeitando a camiseta. Sorriu pra mim e respondeu:

— Não podemos perder a cabeça. Esta é a sua casa, Clara. Vamos fazer as coisas do jeito certo, chega de erros, não é?

Ele tinha razão...

Imitando-o, ajeitei minha própria roupa, alisei meus cabelos. Meus lábios estavam inchados, machucados de tantos beijos. Meu coração mal cabia em mim.

Deco me puxou num abraço.

— Estou muito feliz, Clara. A gente combina. Seria uma tristeza se tivesse dado errado.

Eu sorri, beijando-o no pescoço.

Depois disse:

— Mas não sai da linha de novo, hein?

Ele riu:

— Juro pelo Sport Clube Internacional.

— Seu bobo! — brinquei.

Deco olhou nos meus olhos:

— Queria te pedir uma coisa. Desculpa a Deia. Ela é, no fundo, uma menina insegura. E eu fui um otário, claro. Logo a Deia encontra um cara legal pra ela. É bonita, engraçada.
— Ele beijou minha boca. — Mas não faz o meu tipo, o.k.?
— Você jura?
— Quebro todos os meus discos do Legião Urbana se você me vir olhando pra ela com segundas intenções. Eu juro.
— Vou cobrar — disse rindo.
E, depois daquilo, Deco se despediu. Precisava voltar para casa, porque a família tinha uma festa ao anoitecer. Mas, ele quis saber, a gente se veria na praia no dia seguinte?
— Sim — garanti.

Fiquei vendo Deco ir embora de skate pela rua, o sol incidindo nos seus cabelos castanho-claros, a curva bem-feita das costas sob a camiseta verde... Depois ele sumiu do meu campo de visão, e me deixei ficar ali, encostada na janela, olhando a tardinha soltar seus últimos suspiros. Tudo parecia pacificado dentro e fora de mim, finalmente.

Foi então que ouvi uma voz vindo do corredor:
— Vocês, hein?
Virei-me, morta de susto.
Parada na entrada da sala, estava Paula, rindo. Quando ela tinha voltado? Eu não vira absolutamente nada!
Paula me olhou, fazendo cara de deboche, e disse:
— Não tinha como ver mesmo, Clara! Você estava caindo para dentro da boca do Deco. Era um nó só, vocês dois. Parecia cena de novela. Então entrei no meu quarto e fiquei lá — ela disse. — Começou um vento na praia, senti frio...
Eu estava morta de vergonha.
— Desculpe, Paula — pedi.

Ela deu de ombros:

— Eu, hein? Mas agradece que não foi a mãe quem chegou. Se ela visse o amasso que eu vi, haha, você ficaria mais uns cinco dias de molho em casa. Só que de castigo mesmo — ela riu.

— A gente estava tomando cuidado — falei.

— Cuidado? Vocês tiveram sorte, isso sim.

— E Vica? — perguntei, mudando de assunto.

— Vica foi até a casa do Carioca. Ele vai embora amanhã.

— É mesmo — eu disse, lembrando. — Vamos lá nos despedir também?

Paula sorriu e respondeu:

— Vamos, sim. Mas acho bom você se ajeitar primeiro. Está parecendo que foi atropelada por um caminhão.

Eu ri.

— Fui atropelada pelo Deco.

Naquele anoitecer, nos despedimos do Carioca. Ele morava na rua 6, numa casa de dois pisos com uma varanda larga na frente. Ricardo, Tati e Deia também estavam lá. Maninho e Leco passaram rapidamente. Maninho também logo voltaria a Brasília e tinha que ajudar a família com as organizações de última hora, pois a casa deles ficava dez meses fechada.

Deia estava na dela, mas fiz questão de me comportar como sempre. Afinal, as coisas tinham sido resolvidas, e o que importava era que o Deco gostava mesmo de mim.

Os avós do Carioca serviram bolo e suco, eram gentis e afetuosos conosco. A turma do Cacá, eles diziam, pois o Carioca, na verdade, se chamava Carlos Roberto.

A despedida foi triste, como são todas as despedidas. Vica quase chorou, enquanto a avó do Carioca explicava que ano que vem ele estaria de volta, era só um pulinho no tempo! Um ano passava rápido, voando.

Na calçada, trocamos muitos abraços e promessas de telefonemas e de cartas. À sombra de um pinheiro, escondido dos avós, Carioca deu um selinho na Vica.

Foi o momento alto do dia.

Depois fomos todos para casa. Vica voltou quieta, cabisbaixa.

— Não fica triste — eu disse depois de algum tempo. — Ainda tem um mês de férias pela frente.

Deia falou:

— Amanhã ela acorda melhor, né, Vica?

— É — respondeu, sem vontade.

Devia estar pensando no selinho.

Na esquina da nossa casa ficava o chalé da Deia. Paramos no portão, as quatro. Antes de entrar, Deia me deu um abraço.

— Obrigada — disse baixinho, no meu ouvido.

E eu a perdoei...

Ali mesmo, na calçada.

O céu estava pontilhado de estrelas e a gente tinha todo o mês de fevereiro pela frente. A vida era boa, pensei, caminhando num passo frouxo ao lado das minhas duas irmãs.

A vida era boa, e logo Vica estaria contente de novo.

Assim como eu.

16

Queria que a minha história terminasse aqui, tipo assim, final feliz. Mas outras coisas aconteceram naquele verão. Afinal, a vida é feita de tudo misturado.

Depois que me acertei com o Deco, nossa rotina de verão pareceu voltar ao normal por alguns dias. Praia, passeios de bicicleta, jogo de cartas, centrinho à noite, risadas com os amigos. Vica andava mais triste, mas Ricardo fez questão de cuidar bem dela, e encheu-a de agrados, picolés e divertimento. Sim, ele era mesmo um bom amigo nosso.

Maninho foi embora alguns dias depois, e foi a vez da Nessa desanimar... A turma estava incompleta. E ainda tinha a nossa mascote, a Bia, que deveria estar mergulhando com suas primas gêmeas em Bombinhas, feliz da vida com seu snorkel e uma câmera à prova d'água que o pai tinha lhe emprestado para fotografar a aventura.

A carta dela estava guardava com carinho. No episódio da traição do Deco, aquele bilhetinho simples, quase infantil, tinha me feito um bem danado. Eu estava louca para agradecer pessoalmente à Bia.

A semana passou naquela mansidão de férias. Na noite de sábado, coloquei um vestido novo, e Deco apareceu lá em casa às oito da noite para buscar Vica e a mim, para nosso passeio no centro. Mamãe estava assistindo à novela com Paula, e papai tinha saído para pescar e ainda não voltara.

Fomos nós três, sob a luz do anoitecer. Das casas abertas, vinham risadas e conversas alegres. Era fim de semana, fazia calor e as pessoas estavam de férias, um clima bom pairava no ar.

No centro, compramos um sorvete e fomos ao nosso banco predileto, Deco e eu. Tinham finalmente consertado o poste de iluminação, e a luz amarela e leitosa caía sobre nós.

— Nos descobriram — disse o Deco, rindo.

Ficamos um pouco ali, e depois saímos para uma caminhada. Deco tomou o rumo da praia, e eu o segui. Sentia um friozinho na barriga, porque eu estava proibida de ir à praia à noite, ainda mais sozinha com ele.

— Só um passeio — ele disse. — Um beijinho sob as estrelas e voltamos. Não quero chateação com seus pais, você sabe bem.

— Nem eu — respondi.

Mas fomos.

A noite estava linda e calma, e, na praia, as estrelas pareciam brilhar com mais intensidade, deixando tudo com uma coloração de madrepérola. Até o mar parecia rebrilhar na noite.

Escolhemos uma duna alta, bem posicionada. Era uma noite sem vento. Tirei minhas sandálias e sentamos na areia, coladinhos. Deco me contou que seu pai recebera um convite para trabalhar em Brasília, e, caso ele aceitasse, a família se mudaria em julho.

Senti vontade de chorar com a notícia.

— Não se preocupe ainda — ele falou. — Meu pai não sabe se quer ir. E, mesmo que a gente vá, as férias serão aqui. Vou fazer igual ao Maninho, que vem de Brasília todo mês de dezembro.

Senti um aperto no peito. A vida estava sempre mudando, traiçoeiramente. Eu estava feliz com meu namorado, e agora, logo agora, tinham que convidar o pai dele para trabalhar no Centro-Oeste do país, tão longe!

Olhei para Deco com uma cara triste, segurando as lágrimas.

— Vou torcer para que seu pai não aceite — eu disse, mas sentia uma enorme angústia, porque, no fundo, nosso namoro era fadado a durar um verão.

Quando Deco voltasse à cidade, no seu colégio, com os seus amigos, eu seria esquecida. O Rosário era cheio de meninas bonitas, modernas, bem mais liberais do que eu. E, em Porto Alegre, cidade grande, não teríamos nem a metade das chances que tínhamos de estar juntos. Meus pais eram rígidos, ainda mais na capital.

Deco segurou minha mão.

— Eu não quero ir para Brasília, Clara — ele disse. — Mas não sou eu quem decide.

Permanecemos ali, quietos os dois, por um longo tempo. E então, na beira do mar, vi um casal se aproximando. Na noite parada e luminosa, eles se moviam como se estivessem numa espécie de palco. A mulher usava uma blusa clara, que parecia luminescente sob as estrelas. E trazia uma lanterna, cuja luz dançava nas ondas e na areia enquanto ela falava com o homem de forma um pouco agitada.

Fiquei olhando os dois, Deco também. Éramos só nós quatro na praia, mas eles não nos viam, pois estávamos entre as dunas.

Os dois pararam a uma boa distância de nós, perto da água, e pareciam entretidos numa discussão acalorada. Mas o som do mar abafava a voz deles.

— Um casal de namorados brigando — disse Deco. — Sempre tem um casal de namorados em algum lugar, não é?

Eu ri.

— E boa parte deles está brigando — disse eu.

Prestei mais atenção naqueles dois lá na beira, focando meu olhar.

— Ele está com uma rede, estavam pescando — falei.

Deco deu de ombros:

— Com tanta briga, vão espantar todos os peixes. Até parece que não sabem disso.

Lá na beira da água, o casal seguia falando. Parecia que o clima pesava. E então a mulher ergueu a lanterna por um instante, bem à altura do rosto do companheiro, e eu vi, vi muito claramente — lembro desse instante até hoje — que o homem brigando à beira do mar, com sua rede, a camiseta clara e bermuda escura, era o meu pai.

O meu pai.

Flávio.

Lá na beira da água com uma mulher desconhecida, e eles pareciam íntimos.

Ah, eles pareciam muito íntimos...

Não tenho certeza se Deco reconheceu meu pai de longe, na praia. Ele não falou nada, apenas segurou minha mão e ficou ali, do meu lado, curtindo a noite, desviando minha atenção daquele casal que estava acabando com o clima.

Fiquei com vergonha de dizer que o cara à beira-mar era meu pai, e que provavelmente ele estava tendo um caso com outra mulher.

Deco me beijou, mas, embora o beijo fosse bom, eu não conseguia relaxar. Meu pai estava ali na praia, a alguns metros, com outra mulher.

Logo que nos separamos, voltei disfarçadamente meu olhar para eles.

Vi que os dois discutiram mais um pouco, vi a lanterna dançando na noite, e então, subitamente, a mulher saiu correndo pela areia na nossa direção, rumo ao atalho entre as dunas que levava à rua de paralelepípedos.

Ao passar por nós, com o facho da lanterna oscilando loucamente e o ruído dos soluços escapando de sua garganta, pude ver quem ela era.

Dora Duarte, amiga da mamãe.

Deco não disse nada, coitado, estava pensando em Brasília, na grande revolução que aquela provável mudança iria causar na vida dele.

Eu fiquei ali, perto-longe dele, com o coração gelado, vendo o vulto do meu pai jogar a sua tarrafa no ar, vendo a dança da rede contra a luz da lua, para depois desaparecer na água que rebrilhava na noite.

Dora Duarte! Aquilo não podia ser verdade, pensei.

Eu me sentia submersa em minha própria angústia. Lembrei da minha mãe no dia em que chegamos a Pinhal. *Logo ela?*

Coitada da mamãe, por isso estava tão triste. Tive muita raiva do meu pai e do seu egoísmo ilimitado, e pensei em correr até a beira do mar e dizer a ele que eu tinha visto, tinha visto tudo, tudo.

Ele e a Dora. Que horror.

Mas não fiz absolutamente nada daquilo, fiquei abraçada ao Deco, muito quieta, triste por Brasília e pelo meu pai e por todos nós.

Então, depois de um tempo que me pareceu muito longo, Deco falou que era melhor voltarmos para o centro e procurarmos o resto da turma.

Descemos a duna calados, de mãos dadas, cada um de nós perdido nos próprios pensamentos. Depois calçamos nossos sapatos e seguimos no caminho do ruído e das luzes artificiais, deixando para trás as estrelas e a praia.

Voltei pra casa um pouco mais cedo aquela noite, acompanhada do Deco e da Vica.

Nos despedimos no portão com um beijo rápido, e depois corri para dentro de casa. Vica estranhou que eu estivesse daquele jeito. Mas eu tinha falado de Brasília, e ela deve ter pensado que toda minha tristeza era pela história do Deco.

Minha mãe estava na sala, de camisola, lendo um livro do García Márquez. Vica e eu entramos, e ela sorriu para nós. Mas havia uma ruga de preocupação no seu rosto, quando ela disse:

— Não façam ruído, meninas, a Paula está dormindo...

Demos um beijo nela, e, antes que eu fosse ao corredor, em direção ao banheiro mal-assombrado, ela me chamou:

— Clara...

Parei, meio alerta.

— Sim, mãe?

— Vocês não viram o pai de vocês pelo centro? Ele saiu para pescar no meio da tarde e ainda não voltou. Fico preocupada... O mar sempre é traiçoeiro. E já é bem tarde para pescar sozinho por aí.

Dei de ombros, forçando um sorriso. Coitada da Madá, pensei. Mas só o que eu disse foi:

— Não se preocupe, mamãe... Eu não vi o papai. Mas ele deve estar de volta daqui a pouco. A noite está bonita e com lua. Deve estar dando peixe, deve ser isso.

A mãe aquiesceu, olhando de rabo de olho pela janela:

— É. Deve estar dando peixe. Com essa lua...

Nunca contei à minha mãe o que eu vi naquela noite, à beira-mar. Nunca contei nem pra Vica, nem pra Paula.

Madá já sabia, é claro. Mas o fato de eu saber também teria tornado sua agonia insuportável.

17

Dormi pouco naquela noite e sonhei com o Deco e com meu pai, um sonho confuso, num porto cheio de barcos zarpando, onde nos despedíamos.

No dia seguinte, quando entrei na cozinha, meu pai estava preparando o café da manhã. Parecia animado. Ele acordara cedo e fora à feira. Na mesa, uvas, morangos e melancia cortadinha em pedaços, nossas frutas preferidas, tudo arrumado com capricho.

— Bom dia! — ele me disse, bem-humorado.

Por um momento, olhei para meu pai. Nos olhos dele não havia nenhuma sombra de consciência sobre o fato de eu o ter visto com Dora na noite anterior, na beira da praia.

Seu Flávio teria caído duro para trás se soubesse tudo o que eu vira. Mas ele nem imaginava. Aquele café da manhã todo caprichado era um sincero gesto de carinho.

Lembrei da cena da noite anterior. As brigas, a partida intempestiva de Dora Duarte aos prantos. Aquilo tudo parecia ter deixado meu pai mais leve, mais feliz.

Depois de algum tempo, sentei à mesa, ponderando a situação, e, por fim, respondi com um bom-dia desanimado.

— Acordou de mau humor? — perguntou meu pai, com um gesto largo. — Cara feia, pra mim, é fome, dona Clara.

— Dormi mal — respondi, de qualquer jeito.

Eu estava sem apetite, mas papai também tinha fritado bananas em fatias e cortado pão quente. A coisa toda cheirava bem, ele parecia alegre e disposto, e quando mamãe entrou na cozinha, ainda de camisola, ele disse:

— Hoje o café é comigo, Madá.

Mamãe achou graça, puxou uma cadeira e sentou-se conosco.

— Ué. Só pode ser milagre — ela disse, mordiscando um pedaço de pão. — Pegou muito peixe ontem e ficou feliz?

— Afoguei todos os peixes no mar, isso sim — ele disse, enigmático. — Às vezes, é bom.

Madá deu de ombros:

— Se você está dizendo... — brincou ela, e mordiscou um pedaço de banana frita, aprovando. — Está gostoso, Flávio.

Papai ficou todo sorridente, andando de um lado para o outro, ocupado em servir as minhas irmãs, que também tinham aparecido na cozinha.

Enquanto comíamos, pensei no que aconteceria se eu contasse, ali na mesa, que encontrara papai e Dora brigando na praia, na noite anterior. Olhei para minha mãe por um momento, lembrei a história da bolsa esquecida na casa de Dora e do nervosismo de mamãe, e concluí que ela já tinha resolvido aquilo tudo do seu jeito.

Minhas irmãs, que não sabiam de nada, estavam alegres e comilonas. Até papai parecia mais feliz do que de costume — teria terminado tudo com Dora? Ou, depois da minha partida, ela voltara, deixando em casa o filhinho e o marido, para fazer as pazes com ele?

Ao final do café, quando me levantei, papai se aproximou de mim e perguntou:

— Que cara é essa, Clara? Que bicho mordeu você? Comeu pouco e não falou quase nada, está esquisita. Eu conheço você, minha filha.

Fiquei um instante parada ao lado da mesa, sem saber o que dizer, e então Vica, que era muito metida, me salvou com sua inquietude:

— É que o pai do Deco foi convidado para um emprego em Brasília — ela disse. — Agora a Clara está preocupada.

— Xi — gemeu Paula. — Por essa a gente não esperava!

Meus pais se entreolharam, o papai então sorriu e disse:

— Vem cá, minha filha, me dá um abraço.

Sem saída, eu o abracei.

Ele me segurou forte, e aspirei seu cheiro de sabonete de verbena e água de colônia. Era um abraço bom, protetor, mas eu me sentia muito enganada. Estava com uma raiva dele! Lembrei de Dora gesticulando com a lanterna à beira-mar, descabelada e nervosa.

A família Duarte não tinha mais vindo nos visitar... Estava tudo explicado.

Senti a voz do pai no meu pescoço quando ele disse:

— Não se preocupa agora, minha filha. Viva um dia de cada vez. As coisas podem mudar de uma hora para outra.

Minha mãe respondeu alguma coisa sobre as surpresas da vida, mas nem ouvi direito. Saí correndo da cozinha e vi que meu pai deu uma risadinha boba.

Ah, esses jovens, foi o que ele falou. *Ah, esses adultos*, foi o que pensei, me jogando na cama aos prantos, enquanto minhas irmãs vinham de conversa mole pelo corredor, até que Vica enfiou o rosto no vão da porta e falou:

— Para de chorar e coloca um biquíni, Clara. Vamos à praia... O dia está lindo, e o Deco estará lá. Aproveita enquanto pode, né?

E foi o que eu fiz, depois de lavar o rosto com água fria. Quando a gente está triste e decepcionada, nada melhor do que um banho de mar.

Dizem que o mar recebe todas as tristezas, ele é grande, acolhedor. Não se importa com algumas lágrimas, com os sofrimentos da gente.

Ele pega tudo e limpa, lava mil vezes, rolando nas ondas, esfregando nas conchas. Naquela manhã, fiquei horas no mar, furando ondas, pensando na vida. E, quando Deco ia lá me fazer companhia, apenas sendo feliz.

Porque o Deco me deixava feliz, era simples assim.

Naquele dia, fizemos um piquenique na praia, cada um levou alguma coisa. O Leco puxou um violão, e ficamos até o entardecer ali na areia, cantando e acreditando que tínhamos todo o tempo do mundo.

18

No dia seguinte, era domingo. O dia da volta da Bia, depois de quase duas semanas passeando em Santa Catarina com os parentes.

À tarde, depois da praia, fomos todos à casa da Deia. A mãe dela tinha convidado a turma para uma festinha surpresa para a Beatriz, e nenhum de nós se fazia de rogado. Estávamos todos lá.

E logo começamos um jogo de cartas, enquanto dona Lourdes assava bolos e preparava biscoitos para a chegada da filha caçula. Bia telefonara bem cedinho, dizendo que a viagem fora maravilhosa e que estavam pegando a estrada de volta ao Rio Grande do Sul. Deveriam chegar pelas seis da tarde, o mais tardar.

O plano era a turma esperar a Bia, e depois todo mundo faria um lanche. Estávamos todos lá, menos o Deco, que tinha prometido lavar o carro do pai antes que ele pegasse a estrada de volta para a cidade, ao anoitecer. Deco era um filho dedicado, minha mãe dizia sempre — o que me deixava toda orgulhosa.

Começamos uma partida de pontinho, com Deia e Ricardo sentados um do lado do outro. Vica me contara que eles haviam reatado o namorico na noite anterior, e aquilo me dera um alívio danado! Ricardo era um cara legal mesmo, seria bom namorado para Deia. E assim, sei lá, eu me sentia mais livre com o Deco.

Depois de várias partidas de pontinho, a Vica ganhando sempre — dizia que era azar no amor, aos risinhos! —, trocamos para um jogo de canastra.

Dona Lourdes serviu-nos um prato de biscoitos quentinhos e avisou, sorrindo:

— O resto eu só sirvo quando a Beatriz chegar. Vou deixar a mesa posta lá na cozinha.

A tarde foi passando mansamente. Na gritaria e na bagunça, nem vimos o tempo correr. Mas o relógio bateu cinco horas, deu uma volta inteira, bateu seis, bateu sete horas, e a tardinha começou a arrefecer, a luz se dissolvendo, granulosa, contra as galhadas dos pinheiros, que começavam a se fundir com o céu naquele lusco-fusco que eu achava tão bonito.

Queria que Deco estivesse ali, mas não tinha jeito. Nessa disse que Deco estava cheio de tarefas acumuladas em casa.

— Também — ela brincou —, agora ele só quer namorar.

Eu ri, fiquei ruborizada.

As janelas, abertas para a rua, deixavam ver a noitinha que nos alcançava com o barulhinho dos grilos. O pai da Deia chegou, perguntou se Beatriz já estava em casa, depois se meteu lá para dentro, para ajudar a dona Lourdes.

Lá pelas tantas, para minha surpresa, chegou o Deco:

— Fiz tudo correndo — ele disse, ao sentar do meu lado.

— Queria vir ficar com você, Clara.

A gente não se beijou. Na casa dos amigos, era proibido. Era meio que uma regra de todos. Mas, por baixo da mesa, nos demos as mãos.

O tempo ia passando de bocado em bocado. Dona Lourdes já parecia bastante angustiada com o atraso da filhinha, embora seu marido, Edu, não parasse de repetir:

— Tardinha de domingo, Lourdes, o trânsito é intenso, a estrada fica cheia, difícil... Daqui a pouco eles estão buzinando lá na esquina, fazendo aquele estardalhaço que você conhece bem.

Dona Lourdes deu uma risadinha nervosa e sumiu lá pra dentro, em direção à cozinha. Disse que tinha que tirar alguma coisa do forno.

Até eu já estava meio incomodada com o horário. Já estava ficando mesmo tarde, e eu precisava levar Paula para tomar banho. A mãe era rigorosa com os horários da filha mais nova.

— Acho que nós vamos voltar pra casa daqui a pouco — falei. — Mamãe não gosta que a Paula volte de noite, e não quero levar bronca.

— Vou com vocês — disse Deco.

Mas seu Edu, piscando um olho, pediu:

— Fiquem mais um pouco, pessoal. A Beatriz está chegando, e a Lourdes fez um montão de comida. Depois eu falo com a sua mãe, Clara. Eu me acerto com ela.

E nós fomos ficando.

Começamos uma partida de dorminhoco, e a coitada da Vica, que sempre foi distraída, levou um monte de rolhadas. Devia estar pensando no Carioca. Depois de cinco partidas, os únicos invictos eram Deco, Ricardo e eu.

A noite já tinha caído lá fora, enquanto, na cozinha, dona Lourdes remexia panelas e pratos para passar o tempo.

Eu estava de olhos fixos nas cartas e nos movimentos da turma, quando vi pelo canto do olho a luz de uns faróis iluminarem a varanda. Me distraí do jogo por um momento, o Deco bateu, e todo mundo deixou suas cartas na mesa, só eu fiquei olhando pra fora.

— Perdeu, perdeu! — Deia, Vica e Nessa gritavam, enquanto Paula já estava atirada no sofá folheando um gibi, com vontade de ir para casa. — É dorminhoca!

Não dei bola para a algazarra e, apontando para a rua, disse:

— Chegou alguém!

— Deve ser a Bia — falou Deia, contente. E então, levantando a voz, chamou: — Pai, mãe, a Beatriz chegou!

Seu Edu e dona Lourdes vieram correndo lá de dentro, na maior alegria. A casa tinha um grande janelão que dava para a calçada, e a porta da frente estava entreaberta, como era costume nos balneários naqueles tempos em que ladrão era história para contar ao pé do fogo, nas noites frias de inverno.

Da rua, vinha o barulhinho da noite. Ouvimos o carro estacionando ali na frente, portas batendo.

Quando dona Lourdes se antecipou para a porta, louca para dar um abraço na sua garotinha, foi que surgiram aqueles dois policiais fardados.

Nunca vou me esquecer do instante exato em que eles apontaram no vão da porta, com seus uniformes verde-acinzentados e os olhos nublados de angústia. Estavam ambos muito sérios (lembro bem do semblante tenso de cada um deles), mas nunca saberei dizer se eram loiros, morenos, altos ou baixos.

Sei apenas que senti um estranho pressentimento, e a sala toda pareceu eletrizar-se, engolfada por alguma coisa fria e pegajosa. Toda a turma ao redor da mesa parou quieta, e fez-se um enorme e terrível silêncio.

Sob a mesa, Deco apertou forte a minha mão.

Deia levantou-se de um pulo, mas todos os outros, inclusive Paula, no sofá, permaneceram como que enfeitiçados, imóveis.

E então um dos policiais disse:

— Eu gostaria de falar com o senhor Eduardo Gouveia, por favor.

Seu Edu, despertando do seu transe, quase gritou:

— Sou eu, moço! Pode falar.

O policial pigarreou, nervoso, enquanto seu colega, parado na soleira, mantinha os olhos baixos, como se examinasse o verniz das próprias botinas.

— Vamos ali na varanda, por favor — pediu o policial gentilmente.

Deia fez um movimento para seguir os pais, mas um olhar do seu Edu fez com que ela caísse sentada no banco outra vez, feito uma boneca pálida. Vica, num gesto de proteção, abraçou-a com força.

Corri para Paula, que estava no sofá, com medo de que minha irmãzinha começasse a chorar.

Dona Lourdes e seu Edu saíram para a varanda, na noite fresca e estrelada, e tudo permaneceu em completo silêncio ainda por um longo, interminável momento.

Depois eu ouvi alguns sussurros, devia ser o policial falando. E, então, como uma faca cortando a pele da noite, o grito de dona Lourdes rebentou lá fora. Um grito duro, terrível, saído do mais fundo de suas entranhas.

Dentro da casa, fomos dominados pelo medo e pela tristeza. A coisa toda, mesmo sem palavras, era óbvia. Deia saiu correndo, Paula começou a chorar no sofá enquanto eu a abraçava forte, e todos nos reunimos, desesperados, com os rostos sujos de carvão, vazios, absolutamente adultos de um momento para o outro, naquela noite de começo de fevereiro, porque Beatriz tinha morrido.

Sim, Bia tinha morrido.

Era como uma avalanche, um terremoto. Mas, estranhamente, tudo estava no seu lugar. Lá da cozinha, vinham o ruído baixo de um radinho de pilhas e o cheiro dos quitutes de dona Lourdes.

Não lembro bem do que aconteceu a seguir, uma sucessão de imagens borradas se misturou na minha mente. Tento juntar tudo e montar as cenas, uma a uma. Dona Lourdes gritando em desespero, a chegada de uma vizinha, dona Lourdes sendo levada para o quarto, seu Edu abraçando Deia, os dois policiais por ali. Parece que precisavam levar seu Edu para a delegacia, onde ele deveria assinar uns papéis.

Aparentemente, o primo da dona Lourdes perdera a direção do carro na BR-101, à altura da cidade de Laguna. O carro, um Monza novo, capotou duas vezes, acabando por se estatelar contra um galpão. Os tios e as gêmeas não tiveram ferimentos graves, apenas escoriações leves, mas Bia morrera na hora.

Parece que ela não usava cinto de segurança — naquele tempo, quase ninguém usava...

Cinto de segurança era como uma lenda, papo para boi dormir, assim como ladrão.

Eu não entendi tudo isso na hora, lá na casa da Deia. Não mesmo. As pessoas da rua foram chegando aos poucos, o aviso foi passando por cima dos muros, eletrizando os veranistas, deixando todas as mães em prantos.

Quando vi, meus pais também estavam lá. E os pais do Ricardo e da Tati, os pais do Deco e da Nessa. As pessoas chegavam e saíam, enquanto seu Edu meio que falava com todos, e dona Lourdes chorava lá no quarto, com Deia ao seu lado.

Lá pelas tantas, quando me dei conta, estávamos em casa. Eu me sentia tão confusa que meu pai me recontou tudo, tim-tim por tim-tim, depois de colocar Vica e Paula para dormir, sentado à mesa da cozinha com os olhos vermelhos de tristeza.

Minha mãe ficara na casa da Deia junto com outras mães da rua, num mutirão de limpeza e organização, pois a família tinha ido às pressas a Porto Alegre, para onde o corpo fora levado e onde Beatriz seria enterrada no dia seguinte.

No meu quarto, bem mais tarde, peguei a cartinha da Bia e a reli.

Tanto que eu queria agradecer aquele carinho. Mas a garotinha rechonchuda de olhos azuis não estava mais entre nós. Aquilo era estranho. E era injusto, injusto demais. Bia tinha dito que me emprestaria sua boneca predileta, a Barbie, aquela que Deia tinha comprado pra ela, para compensar a que tinha quebrado.

Se ela estivesse aqui, eu deixava com você. Mas ficou em Porto Alegre, né?

Pensei na boneca lá na prateleira do quarto, esperando a volta da garotinha que a adorava. Que fim teria aquela Barbie, agora que Beatriz tinha morrido?

Aquela noite, como poucas, ficou gravada em mim feito uma cicatriz.

Acho que nem dormi, mas me revirei na cama até o amanhecer, recordando.

Beatriz era uma menina alegre, gordinha, loira, inocente e um pouco manhosa. Tinha viajado com seu snorkel novo, vira peixes, aventurara-se, tomara sorvetes e comera camarão frito, pescara tarde da noite com as duas primas que ela adorava e tirara um monte de fotos que tinha trazido na mala para revelar na volta, na cidade.

Algumas coisas podiam ser remediadas, outras não... As fotos foram reveladas, Deia me contou muito depois, e viraram a última lembrança que a família teve da Beatriz.

Parece que foram colocadas em porta-retratos na casa de Porto Alegre, mas ninguém conseguia ver aquilo sem chorar. Depois de um tempo, as fotos foram parar numa caixa dentro de um armário, e só dona Lourdes é que se atrevia a mexer naquilo, porque mãe tem um jeito de amar que até no sofrimento a coisa vale a pena.

Eu não vi as fotos que a Bia prometera me mostrar, mas sonhei com ela durante o resto do verão e por muito tempo depois disso, até que sua imagem começou a se borrar na minha mente, como as fotografias guardadas naquela caixa dentro do armário na casa da Deia.

19

O único membro da nossa família a ir a Porto Alegre, a fim de acompanhar o enterro da Beatriz, foi mesmo meu pai. Ficou decidido que já tínhamos visto e ouvido coisas demais, estávamos — minhas irmãs e eu, todos os amigos da turma — em choque.

Paula, que era mais próxima de idade com a Bia, estava com medo de ficar sozinha e tinha até se mudado provisoriamente para o quarto da mamãe e do papai.

Na manhã de segunda-feira, bem cedinho, escutei o ruído do motor do Quantum do meu pai. Eu sabia aonde ele estava indo, mas não tive coragem de sair da cama e lhe dizer um tchau. Mal tinha dormido durante a noite e me sentia moída.

Com Flávio, foram também os pais do Ricardo e minha tia Zélia, mãe do Leco. Alguns outros pais tinham ido na noite de domingo, e a maioria da turma ficara em Pinhal, porque não tinha sentido a gente sofrer ainda mais, como dissera Madá para minha irmã Vica.

Mas nós fizemos a nossa pequena homenagem à amiga querida que partira. Bia era a caçula da turma, e todos nós a queríamos bem, de um modo ou outro. Paula, minha irmãzinha, estava muito triste, chorando o tempo todo. Mas mamãe permitiu que ela nos acompanhasse quando chegou a hora.

— Ela precisa viver esse luto junto com vocês — disse Madá ao portão.

Na hora do enterro, toda a turma e mais uma galera da praia se reuniram na beira do mar em memória da nossa amiga Beatriz. Era um final de manhã nebuloso e cinzento, úmido, e a água era uma massa indefinida e agitada, que estourava em brancas ondas na areia, como se sussurrasse segredos para nós.

Antes de sair de casa, arranquei umas flores do jardim da mamãe e as joguei no mar em memória da Bia.

Ficamos muito tempo na praia, todos nós, sentados na areia em perfeito silêncio, a neblina grossa e salgada molhando nosso rosto, nossos cabelos, nossa roupa, misturando-se aos nossos pensamentos.

A gente começou a lembrar coisas, histórias de outros verões, brincadeiras e ditos da Bia. Então alguém disse que Beatriz teria crescido, emagrecido e virado uma moça bem bonita, e até parecida com a Deia — se tivesse tido tempo pra isso. Paula, minha irmã caçula, lembrou que Bia sempre lhe emprestava o cubo mágico e o Aquaplay. Eu contei à turma que ela me escrevera aquela carta, pedindo que eu perdoasse o Deco e a Deia.

Deco ficou emocionado e me abraçou.

— Eu gostava tanto dela — disse Paula, as lágrimas correndo.

— Todos nós gostávamos — respondeu Deco.
— Coitada da Deia — disse Nessa.
E todo mundo concordou.
Tínhamos pensado tanto na Bia, mas como seria estar no lugar da Deia? Como seria viver depois daquilo? Como seria entrar no quarto da irmã, ver suas roupas, seus brinquedos, livros e cadernos escolares?
Ela tivera uma irmã e, de repente, já não a tinha mais. Como seria essa solidão?
— Eu nunca mais vou entrar lá — falei num impulso. — Não tenho coragem mesmo.
E, dito isso, corri até a beira-mar e joguei minhas flores na água. *Desculpe, Bia*, falei baixinho. *Desculpe porque você morreu.* Depois disso, comecei a chorar.
Deco deve ter adivinhado que eu chorava, porque foi até a água e me abraçou.
— Vamos pra casa — ele disse. — O enterro já terminou lá em Porto Alegre. Está todo mundo cansado.
E nós voltamos para nossas casas, quietos, imersos na neblina densa e na tristeza daquele verão que terminava assim, de forma tão terrível e abrupta. Como se tivesse sido cortado por uma lâmina afiada, *plact*.

Eu nunca mais entrei no quarto da Beatriz mesmo, nem na casa deles. Mas nada disso foi planejado.
Depois de duas semanas — passávamos lá todo dia para conferir se alguém da família tinha voltado a Pinhal — apareceu na frente da casa uma placa quadrada e simples, cravada no gramado, onde estava escrito:
"Vende-se".

A família, desesperada pela dor, decidira se desfazer da casa de veraneio. Aquilo parecia, para mim, um epílogo para tanta tristeza. Deixar a casa para trás. A casa das férias.

Mas dona Lourdes alegava que nunca mais ia querer pisar naquela sala e reviver a noite mais terrível de sua vida inteira. Seu Edu também estava muito abalado, não queria mais voltar.

O melhor, então, era vender a casa. Depois, mais adiante, quem sabe trocassem de balneário? Pinhal não dava mais, eles tinham concluído.

E a Deia?

Ninguém sabia.

Como ninguém tinha telefone em casa — era um tempo no qual casas de praia não tinham telefone —, juntamos dinheiro e fomos, Nessa e eu, até a telefônica no centro, com o número da Deia anotado num papel.

Tínhamos sido escolhidas no palitinho para a tarefa. Todo mundo estava meio querendo/não querendo ir, então o resto da turma ficara reunido na casa do Deco, esperando notícias.

Entramos na fila, tiramos a ficha e esperamos.

Era engraçado estar ali naquele clima, porque sempre que eu tinha ido à rodoviária era para ligar para alguém querido, de quem eu sentia saudade. O papai, a vovó Anna... Nunca para falar de tristezas. Sempre fora para fazer planos.

Mas a gente precisava ouvir a voz da Deia, saber como ela estava se sentindo no meio daquilo tudo.

Ou no meio do nada.

Tiramos par ou ímpar, e foi Nessa quem fez a chamada. Parada ao lado dela na cabine pequena e quente, sentindo o suor escorrer pelas minhas costas, ouvi o *tum-tum-tum* da linha telefônica e imaginei Deia na sua casa lá em Porto Alegre

— fazendo o quê? O que a gente fazia quando nossa única irmã tinha morrido?

No quinto *tum*, Nessa empurrou de repente o telefone pra mim:

— Não aguento — ela disse. — Fala você, Clara! Eu estou muito nervosa.

Eu não tinha me preparado para aquilo, pois Nessa ganhara o par ou ímpar. Mas agarrei o fone com a mão suada.

No instante seguinte, ouvi a voz da Deia do outro lado da linha, com um chiado metálico ao fundo, e o ruído inconfundível da trilha da Sessão da Tarde.

Eram mesmo três horas, e o filme do dia deveria estar começando. Deia estava vendo televisão!

Aquilo soou espantoso para mim. Eu não sei bem o que eu esperava da coitada da Deia.

Falamos brevemente.

Deia perguntou como iam todos, se estava fazendo sol, se o mar estava bom, bandeira amarela ou vermelha?, se a gente estava saindo à noite. Eu respondi tudo, tudinho, achando aquela conversa tão estranha, tão vazia, tão comum na sua estranheza, e não tive coragem de mencionar, durante todo o telefonema, nenhuma vez o nome da Beatriz.

Desliguei muito nervosa, e Nessa foi logo falando:

— Mas você não perguntou nada dela!

Dei de ombros:

— Não tive coragem — respondi.

Depois fiquei pensando: perguntar o quê?

Bia tinha morrido, e aquilo, então, era tudo sobre ela. Não haveria mais novidades.

Voltamos devagar pela rua. A tarde estava bonita, mas a gente, nem aí. O verão tinha perdido boa parte do brilho com aquela tragédia.

A gente até sentia vergonha de estar feliz, de aproveitar o resto das férias. Era estranho.

Nessa e eu voltamos comentando isso, enquanto dobrávamos as esquinas. Na casa do Deco, contei à turma meu prosaico diálogo com a Deia, e todos ficaram decepcionados.

Alguém sugeriu que jogássemos canastra, e Deco então foi buscar o baralho.

Fui atrás dele.

— Achei a Deia tão estranha — falei baixinho.

Deco me deu um abraço.

— Imagina, Clara. Coitada dela.

— Parecia a minha mãe quando toma remédio para dormir — falei. — Enrolando a voz.

Deco suspirou fundo.

— Vai ver, estão medicando a coitada. A única irmã. Com quem ela vai jogar cartas agora? Imagina o que deve ser essa tristeza.

— Talvez seja por isso que estava vendo televisão.

— Ela tem que viver, de um jeito ou outro, né?

E voltamos os dois, quietos.

Nunca contei a ninguém, além do Deco, que achei a Deia meio lelé da cuca naquele dia. Ficar lelé da cuca deve ser um direito inalienável de quem perde uma irmã assim, uma irmã que morre no meio de uma capotagem ao final de um passeio de verão com a família.

Coitada da Deia.

Eu gostava dela, gostava mesmo.

A vida, às vezes, prega peças estranhas na gente. Mas, durante todo o resto do verão, eu senti um misto de remorso e tristeza, era como se a vida inteira tivesse sido maculada por aquela morte, cada alegria, cada novidade, cada entardecer dourado.

Ia passar, ah, se ia.

Mas eu ainda não sabia disso. Não sabia que a vida estava recém-começando para a maioria de nós.

Epílogo

Aquele verão mudou tudo para sempre...
Não apenas para a família da Beatriz, mas para a maioria de nós.
A turma nunca mais foi a mesma depois daquela noite na casa da Deia. Certas coisas deixam uma marca indelével, seguem com a gente pelos anos afora. Para mim, a história da Bia parece que nunca terminou de acontecer.
Até hoje, às vezes eu acordo no meio da noite. Sentada na cama, no escuro do meu quarto, tenho certeza de que sonhei com ela. Com Beatriz... Aquela garota gordinha, de sorriso bonito, que, um dia, me deixou uma cartinha generosa, à qual eu nunca tive a oportunidade de agradecer.
Às vezes, ela vem caminhando até mim e me entrega sua boneca. Aquela do sonho... A Barbie.
Bia me entrega a boneca e sorri. E quando vou dizer obrigada, quando minha boca se abre para formular as palavras, as palavras que nunca disse, eu acordo.
Vupt.

Lá estou eu, sentada no escuro do quarto, suando. Anos depois.

Anos depois...

Com aquela palavra de agradecimento ainda não dita morando dentro de mim.

Pois aquele foi o verão no qual descobri o amor. Mas também foi o verão no qual conheci a morte.

Mas vou contar pra vocês como as coisas aconteceram. Como foi que tudo se arranjou depois daquela noite de começo de fevereiro, quando recebemos a notícia do acidente e o verão pareceu ter sido partido ao meio por toda aquela tragédia.

Foi mais ou menos assim...

O mês de fevereiro foi meio acabrunhado para todos nós. Íamos à praia e ao centrinho, mas, às vezes, no meio de uma música, todos cantando, felizes, um de nós se lembrava da Beatriz. Bastava um olhar. Era estranho isso — bastava um olhar e todos os outros sabiam. A música ficava sem final.

Em outros momentos, alguém contava uma história engraçada. A gente caía na risada, até que alguém, de súbito, parava de rir. Parecia vergonhoso rir quando a casa da Deia estava fechada com aquela placa de *vende-se* encravada no jardim. E todos paravam de rir, porque, de repente, a história perdia a graça.

Foi bom ter um namorado. Deco e eu, sozinhos nos nossos passeios, nos divertíamos. Entre dois, a alegria não parecia ser um pecado. A gente seguiu namorando nas dunas.

Certa vez, entramos num quintal abandonado de uma casa que ficava à beira-mar. Os moradores não tinham aparecido por ali nenhum dia do verão. Assim, nos sentíamos seguros de usar a varanda lateral deles para uns amassos. Naquela noite, Deco e eu passamos um pouco dos limites. Não aconteceu nada de mais, apenas mãos que avançavam até lugares antes inexplorados, e lábios que desciam por caminhos desconhecidos.

Ficamos ali por uma hora, recostados na parede, semideitados no chão frio e cheio de areia, com a lua e as estrelas por testemunhas.

Lá pelas tantas, eu disse:
— Deco, chega.
Ele se recompôs, me abraçou, beijou meu pescoço.
— É que o verão já vai acabar. Não quero ficar longe de você, Clarinha.
— A gente mora na mesma cidade, né?
Deco assentiu com um sorriso.
— Sim — sussurrou. — E vamos nos ver. Vou atrás de você, pode ter certeza disso.
— Mas não será como aqui — eu disse.
— Não será como aqui — ele concordou, triste. — Teremos aulas, inglês, provas... E não haverá a praia.
— Nem o centrinho — acrescentei. — Nem casas abandonadas à beira-mar.
Ele riu, beijando meu rosto:
— Isso será o pior...
Voltamos tristes para a sorveteria, onde estavam os outros. Havia uma espécie de melancolia espalhada por tudo, coisas, rostos, paisagens.

Acho que, naquela noite, chorei. A gente chorava mais, depois do que acontecera com Beatriz. Minha mãe dizia que era o trauma. Que perder uma amiga daquele jeito era muito traumático para um jovem. E eu, eu ficava pensando na Deia.

Por fim, as férias terminaram. Como que movidos por alguma maré misteriosa, por um fluxo da natureza ou algo assim, um belo dia, todos amanheceram fechando suas casas, empilhando malas em bagageiros, tirando grandes sacos de lixo para a calçada.

Turmas de vizinhos reuniam-se em despedida em frente às garagens. Nós nos encontramos todos na casa da Deia. Foi uma coisa simbólica. Ali, dissemos adeus. As aulas começariam na segunda-feira e Pinhal ficaria para trás.

Os adeuses não foram tão efusivos como outrora. Mas Deco me puxou para um canto e me deu um longo e macio beijo, dizendo:

— Te ligo na terça, Clarinha.

Eu disse que ficaria esperando aquele telefonema. Depois, vi-o subir na bicicleta, com Nessa logo atrás, e ir para casa, onde seus pais estavam lacrando as janelas com uns tapumes que se usavam naquele tempo por causa da areia.

À tarde, minha família e eu rumamos para Porto Alegre novamente.

Deco me ligou na terça-feira, e ficamos no telefone até minha mãe me ameaçar com um castigo. Naquele tempo, as famílias tinham um único aparelho, e quando um namoro começava na casa, era briga na certa.

Deco passou a me visitar todos os sábados. Almoçava conosco, depois íamos ao cinema ou a algum parque para pegar sol e conversar. Era bom andar de mãos dadas pelas ruas da cidade com ele. Eu me sentia mais adulta.

Às vezes, quando não tinha aulas à tarde, Deco tomava um ônibus e ia me buscar na escola de inglês, geralmente tomávamos um sorvete e depois ele me deixava em casa, antes que anoitecesse — em Porto Alegre, a liberdade era muito menor do que na praia. E o pai era muito mais rigoroso com horários, embora geralmente delegasse o controle cotidiano a Madá, que me esperava na porta com um olhar atento, que era para ver se eu estava bem-composta, se não tinha — como é que ela dizia mesmo? — ficado de agarramento pela rua.

Deco e eu namoramos por mais oito meses. Hoje, pensando bem, acho até que ficamos juntos bastante tempo. Eu era uma garota com muitas limitações para o Deco, que já estava prestes a fazer vestibular. Ele podia sair à noite com os amigos, e eu precisava estar em casa sempre antes das sete e meia.

Um dia, sem mais nem menos, Deco não apareceu lá em casa por duas semanas, e Nessa ligou dizendo que ele tinha viajado com o pai para conhecer Brasília. A família ainda estava se decidindo pela mudança, pois tinham adiado os planos para o ano seguinte.

Depois daquele telefonema, passados alguns dias, Deco apareceu sem avisar numa tarde de quarta-feira. De cara, achei que ele estava meio estranho. Esquivou-se do meu beijo e me deu um abraço forte, bem apertado.

Então, na calçada em frente à minha escola de inglês, um pouco envergonhado, Deco me contou que tinha conhecido uma menina especial no cursinho — Deco estava adiantado um ano e prestaria vestibular no verão.

Foi triste.

Fiquei sem saber o que dizer. Era o primeiro fora que eu tomava na vida. Mas acho que ninguém nunca aprende a levar fora, ou será que aprende?

Nos despedimos ali mesmo, Deco e eu, com um abraço sem muitas palavras.

Não sei bem como cheguei em casa, trocando os pés pelas seis quadras que separavam a escola de inglês do nosso sobrado.

Quando Madá abriu a porta pra mim, desabei em prantos. Ela era boa para essas coisas, me fez sentar no sofá, preparou um chá e ouviu toda a minha ladainha, com Paula ali do lado, fazendo cara de solidariedade.

De tristeza, chorei cinco dias inteiros, mas, no sexto, esqueci. Tinha provas pela frente, e um novo aluno muito legal entrara na minha classe, o que de certa forma me distraiu daquele final de namoro no meio da calçada.

Vica continuava apaixonada pelo Carioca, trocando cartas toda semana. Pensei, curando minha fossa por causa do Deco, que o verão seguinte seria estranho lá em Pinhal.

Mas Vica estava empolgada:

— Só porque você perdeu o namorado, Clara. Vai achar outro lá nas férias, vai ver só. Eu, neste verão, vou beijar o Carioca na boca. A gente até já combinou.

— Combinou como? — perguntei.

— Por carta — ela respondeu, toda faceira.

Vica era um sarro mesmo. Sugeri que reconhecesse firma em cartório, porque garotos mudavam de ideia fácil demais. Mas ela não me deu ouvidos.

A família do Deco acabou se mudando mesmo para Brasília no final daquele ano, mas ele ficou morando com a avó em Porto Alegre, porque tinha passado na universidade federal. Minha mãe sempre dizia que ele era um garoto muito inteligente mesmo. Entrou para o curso de engenharia mecânica, igual ao pai dele, que trabalhava numa multinacional.

***

Quando chegamos a Pinhal, no verão seguinte depois do Natal, a casa da Bia e da Deia já tinha novos donos. Fora vendida para um casal idoso e discreto e seus quatro buldogues, que latiam muito quando a gente passava de bicicleta ali na frente.

Era estranho aquilo...

Parecia que Beatriz estava rondando a casa, esperando por mim, com sua boneca Barbie. Às vezes, eu quase podia vê-la sentada no degrau de pedra da varanda, desenhando com um graveto na areia do jardim, como ela costumava fazer.

Apesar dos latidos dos buldogues, eu sempre diminuía o ritmo das minhas pedaladas quando me aproximava da casa, e ficava lembrando, ora da Deia e da sua alegria, ora da Beatriz correndo pela praia e ameaçando chorar se não a deixássemos jogar com a gente.

Aquelas lembranças doíam em mim...

Às vezes, eu ouvia a voz suave da Bia me chamando, freava a bicicleta e, quando olhava para trás, subitamente esquecida do acidente e da morte da minha amiga, dava de cara com os quatro buldogues rabugentos no portão, farejando alguma coisa que, eu pensava, só podia ser o passado, as antigas tardes nas quais ríamos e brincávamos ali, toda a turma reunida naquela larga varanda, naquela casa que eu conhecia tão bem, sem saber que, um dia, as coisas começariam a mudar de repente, e mudariam inexoravelmente para todo o sempre.

Depois de algumas semanas, deixei de passar na frente da casa deles.

Comecei a atravessar a rua com a bicicleta, cruzando pelo outro lado do canteiro.

Não sei bem por que fazia aquilo, mas acho que era para não ficar triste.

Para não lembrar, porque lembrar doía.

Se eu pudesse, eu cobriria aquela casa, com seu jardim, os pinheiros e tudo, com um grande pano branco, como as pessoas fazem com aqueles móveis velhos dos quais querem se desfazer, mas não têm coragem de jogar fora, e guardam lá no fundo da garagem, deixando o pó do tempo se acumular sobre eles para sempre.

Meus pais se separaram dois anos depois daquele verão da história dos Duarte.

Não foi fácil viver a separação deles, não foi mesmo. Mas preciso dizer pra vocês que Madá e Flávio foram mais felizes separados do que quando estavam juntos.

Mamãe sofreu bastante no começo, mas depois fez um curso de inglês e começou a trabalhar numa agência de turismo. Fez novos amigos, teve um namorado sério, depois outro, e depois mais nenhum.

Papai seguiu levando a vida dele, com seu violão e suas pescarias, o trabalho de segunda a sexta-feira, e de suas namoradas — que devem ter sido várias — nunca disse sequer uma palavra a minhas irmãs e a mim. Acho que o que o Flávio mais prezava era sua liberdade.

A casa da praia em Pinhal permaneceu sendo nossa ainda por muitos anos, até que minha mãe comprou um apartamento em Torres, um balneário mais ao norte do estado, e por fim vendemos o sobrado de madeira azul da nossa infância.

O dia em que parti de lá foi triste. Era como se eu estivesse deixando minha infância definitivamente para trás.

Mas, naqueles tempos, a turma já estava mesmo bastante desfalcada, cada um tinha ido para um lado — como o Maninho, que ficara em Brasília, e a Nessa e o Deco, que já não vinham mais a Pinhal, e o Carioca, que acabou se mudando para Cleveland.

Porém, tem uma coisa engraçada com aquele chalé azul sobre pilotis lá de Pinhal. E olhem que faz muitos anos que essas coisas todas aconteceram.

Até hoje, todos os meus sonhos se passam lá, entre aquelas paredes adoradas, cheirando a desinfetante e a verniz, na velha casa azul que meu avô reconstruiu sobre pilotis por causa do teimoso vento minuano que varria o litoral norte.

Meu avô era mais teimoso que aquele vento frio que vinha da Argentina. E a casa, simples e acolhedora, com seu assoalho de madeira que ressoava nossos passos, ganhou um lugar especial na minha memória e no meu coração.

Ela permanece até hoje inteirinha dentro de mim, cercada pelos pinheiros altos, com suas paredes azuis reluzindo sob o sol dourado daqueles antigos e inesquecíveis verões da minha vida.

Este livro, composto na fonte Fairfield,
foi impresso em papel polén soft 70g/m² na gráfica Leograf.
São Paulo, Brasil, dezembro de 2021.